転生少年の錬金術師道

2

著：ルケア

イラスト：赤井

the way of the Reincarnated Boy to be the Alchemist

Contents

the way of the Reincarnated Boy to be the Alchemist

第2章　少年編

これまでのあらすじ

農家の三男に転生したヘルマンは、二歳の時に村に来た行商人がゴーレムに車を引かせているのを見て、錬金術師になる決意を固めた。

ヘルマンは村にいる錬金術師・ジュディからどうすれば錬金術師になれるかを聞き、やがて林の中に錬金術の素材になる植物の採取にでかけるようになる。そして採取したものを行商人に売り、錬金術師になるための資金を貯めていった。

六歳の時の「星振りの儀」。ヘルマンには錬金術師の才能に星七つが振られた。それをきっかけにヘルマンは、各地の霊地に採取の旅に出るのだった。

the way of the
Reincarnated Boy
to be the Alchemist

第２章

少年編

第二十六話　九歳　町の新年祭は村とは違うようです

1

雪がしんしんと降り積り、家の屋根が白く化粧をする季節、いかがお過ごしでしょうか。

どうも、ヘルマンです。

今日は新年祭。おめでたい日ですねえ。ということはもちろん、星振りの儀があるって事ですよ。

去年は宿に閉じこもっていたんだ。故郷の村では、星振りの儀の前後、冒険者は村から追い出されていたからね。

それに、星振りの儀が終われば、飲んだくれた村人で惨憺たるありさまになるだろうとも思ったから、町の新年祭というものも見ていなかったんだ。

でも、冒険者ギルドの受付さんと話してわかったんだが、どうやらこの町の新年祭は冒険者や旅人ウェルカムのようで、出店や酒売りがあるらしい。

町と村ではずいぶんと違うもんなんだな。村の新年祭は、外部の人間お断り状態だったのに。

まあ、出店なんかは客が増えたほうが儲けが出るからいいんだろうけど、問題は人が多すぎないかってところだよな。

村でも星振りの儀を行う子供たちは二〇人ほどいたんだ。領都ならその一〇倍、二〇〇人くらいはいるんじゃないか？　そんなに教会に入るのも凄いことだが、そうなると、二〇〇人の両親兄弟親戚その他で冒険者広場が一杯にならないのか？

そんな中でよく店なんてできるなと思ってたんだけど、どうもその辺は錬金術ギルドの人たちが出店の基礎を作ってしまうらしい。

出店も、普段店屋をやっている人や畜産家くらいしか店を出さないとのことで、利益はそれなりらしい。

まあ、お祭りだからね。あくまで星振りの儀がメイン。出店やなんかは賑やかしらしい。それでいいのかとは思うけどね。

そんなわけで、僕も冒険者ギルド前広場に来ているんだが、人人人の大渋滞。

出店の場所も把握できているし、いい匂いがするんだけど、そっちに行けない。

人混みをかき分けて出店の前までやってきました。売っているのは酒、スープ、肉串、肉串、肉串。

酒は麦のエール。作り方も一緒だろう。樽に麦と水を入れて放置、酵母か何かが頑張ってくれるのだろう。村でも飲みたいだけの男衆が頑張って作っていたが、作っているところまでは見ていないからなあ。

肉串推しだね。串は木でできてるよ。木でできているものは意外と少ないから貴重品だよね。

……僕は知らなかったんだが、ヨルクの林には樵《きこり》さんもいるそうだ。んで、町に丸太を売りに行ったり、加工して扉を作ったりしているんだって。

そういえば、村では唯一といってもいいくらいの木工品に、扉や窓、あとは樽があったが、霊地の林から木材を採っていたのか。気が付かなかったぜ。

……これも冒険者ギルドの受付さんから聞いたんだが、霊地や魔境の木の成長速度は異常らしい。普通の場所だと何十年とかかるのに、魔境ではたった三年で丸太まで成長するんだってさ。

だから、木工品の材料には困らないんだけど、ある程度以上の大きさのものは、錬金術師が土と石で何でも作っちゃうから、基本、軽いものしか木では作らないらしい。

……あ、お貴族様のお屋敷は違ったよ。全部木で造られていた。そのほうがお金をかけていることを示せるんだって。その感覚はよくわかりません。土と石の方が丈夫にできるんじゃない？　頑丈な方がお高いイメージがあるんだけど、違うみたいなんだよね。

まあ、そういうことで、肉串でも頑張りながら、祭りの行く末を見守りましょうか。

2

……マリー姉もあの教会にいるんだよなあ。この冬に挨拶でも行っとくか？

……聖女ってのがどれくらい偉いのかは知らんけど、領都に連れていかれるほどなんだから、聖職者の中では凄い才能なのだろう。魔王かなにかでも退治しに行きそうな才能だもんな。

そういえば、聖職者と光属性魔法使いは違うんだとか。

聖職者は聖属性の魔法を使い、それは六属性とは別物なんだと。

といっても、光属性にも対アンデッド特効やら回復魔法やらがあるらしく、聖属性と似たような魔法のラインナップなんだって。

違うのは、自分の魔力を使うかどうからしいよ。

聖職者の魔法は自分の魔力を使わないらしい。だったら魔術師寄りなのかといわれても、それもまた違うので、現在研究中らしい。

研究者は、そういう才能だからで片付けてはいけないらしい。理屈が必要なんだって。

それにしても、酒飲みはどこにでもいるもんだなあ。

しかも、飲み比べをやったり他の人に買った酒を飲ませたり、どこでもやることは一緒だ。

主役は子供たちだろうに、呑兵衛どもは今日を酒の日とでも認識しているんじゃなかろうか。

まあ、一度手痛い目に遭った覚えのある僕としては、二度と酒などごめんなのだが。

このへんは前世の僕と意見が一致している。酒は好きな奴が飲むもんで、僕の飲む物じゃない。僕は水でいい。

……前世の僕はコーヒー派だったらしいんだけど、こっちの世界ではコーヒーなんてものは聞いたこともない。見た目は黒い水で、味は苦かったらしいが、そんな飲み物もあるんだな。

それからお茶。これはこっちの世界で普及していてもおかしくないと前世の僕が言っていた。何でも葉っぱを煮出した汁を飲むらしいのだけど、そんなものが美味いのか？

……今度快命草でやってみようかな。ポーションの材料だから普及はしている、というか農家が沢山採って売っている。二〇本で鉄貨一枚と破格の安さだ。

快命草は麦の敵、農家の敵である。放っておくと、七日もあれば花が咲くとまで言われている雑草だ。非常に生命力が強く、そのせいかポーション作りに必須の草だ。わざわざ栽培している人も多く、錬金術ギルドの裏庭でも栽培しているようだ。

魔力回復ポーションの場合、これが不思議なんだが、材料は魔力茸だけ。魔力茸一〇本あればできるんだが、さらに魔力茸を増やすことで魔力の回復量を増やせるんだって。この特徴のせいで大量生産が出来ないのだが、世の魔法使いには必須の飲み物らしい。

大量生産といえば、錬金術では一度に一つずつしか作れないらしい。一本作るのに、一〇秒ほどかかり、それをひたすらにやらなければならないから大変なんだってさ。

魔境に行ったらポーションの納品ノルマが課されるんだと。……大変に面倒でござる。

まあ、学術院生のうちに死ぬほど作らされるらしいから、嫌でも慣れるんだってさ。

そういえばジュディさんもお金のために上級ポーションを大量に作っていたって言ってたし、初級ポーションも同じ勢いでやらされるんだろうな。

3

いろんな物を見て、いろんなことを考えてをやっていると、そろそろ正午、鐘の鳴る時刻だ。

……鐘が鳴るのはどこの教会でも同じ時刻らしいし、一斉に鳴るんだよなあ。

前世の知識だと世界は丸いそうなので、同じ時刻であっても、東西で少しずつズレるはずなんだけど、魔械時計はどこにいても時間がズレないっていうし、鐘もそうなんだよね。

その辺どうなっているんだろうか。研究している人とかいそうよね。

世界は平面なのか丸いのか。前世の知識だとそういうのは昔の人が星の動きで見分けたらしいが、僕にはわからんのでその辺は研究者にお任せだ。

世界が丸くても平面でもやることは一緒だからな。

僕のやりたいことは錬金術師になること。

このことだけは、世界が丸くても平面でも変わらないからな。

ゴーンゴーンと一〇回きっちり鐘が鳴る。

……教会の中で才能に星が振られるのはいいが、教会の外にいたら振られないんだろうか？　そのへんは謎だが、もし実験したとして、教会の外にいて才能が振られなかったら、実験に参加したその子が不憫だもんな。

……なんかもう昔に研究してそうな事だが、気にはなるよな。

おそらく教会の中にいないと星は振られないいんだろう。そのへんは神様が見ているんだと思うんだよね。全部見るのは大変そうだけどね、神様も。

しばらくすると子供たちが一斉に教会から飛び出してきて、親に才能を報告し始めた。

領都には農家はいないから、農家の才能で一喜一憂する姿は見られないが、なんらかの商売はしているだろうし、跡継ぎに必要な才能が貰えるかどうかは気になるだろう。

代々鍛冶屋の一家なら鍛冶師の才能が、仕立て屋なら裁縫士の才能が必要になるとかか？　飯屋だったら調理師の才能とかになるんだろうか。

まあ、それぞれに必要な才能が振られるよう祈ることしかできないが、農家の長男長女に農家の才能が多く振られるように、何かしら操作があるんだろう。

まあなんにしても、今日はめでたい日だ。

さっそく才能を振られた若人たちに酒を振舞う酒飲みどもがいる。

……こりゃあ明日の冒険者広場はやっぱり悲惨なことになっていそうだな。

明日はお休みにしよう。でないと冒険者広場の片付けの依頼とか出ていそうだもの。

……でも、もうちょっとだけこのお祭りの空気を満喫してから帰ろう。今日は別に急ぐ予定もないのだ。

どんな子にどれくらいの星が振られたのか聞いて回ってみよう。その程度の娯楽は許して貰えるだろう。

第二十七話　貴族もいろいろとある、領地一の火事場

1

三寒四温を実感する季節、いかがお過ごしでしょうか。

どうも、ヘルマンです。

季節の巡りは早いもので、もう少しすれば春がやってくる。そろそろ馬車旅の準備をしなくちゃいけない時期です。

準備は早いに限りますからね。遅いと出遅れた感でいっぱいになりますから。

この冬の間、マリー姉と会ってきた。教会で「マリーという聖女はいますか？　弟ですが」と訊ねると、普通に会えた。

マリー姉はとても元気だった。いろんなところが成長していたが、一番は言葉遣いだな。荒っぽい村娘から、都会のお嬢さんに変わっていた。

教会のお仕事もいろいろあり、今は魔法の勉強や戦闘訓練をしているところらしい。

回復魔法と対アンデッド特効魔法、それにメイスの扱いは聖女の才能の内らしく、かなり強くなったよアピールをされたが、そんなところまで才能はカバーするんだな。本当に魔王でも退治しに行くんじゃなかろうか。

久しぶりに会ったけど、根っこの部分は変わらず、優しい姉のままでよかったよ。人が変わったように接してこられたらどうしようかと思っていたが、杞憂だったようだ。

僕はといえば、この冬は休みというものを堪能したと思う。

主に冒険者ギルドや錬金術ギルドの受付さんと話をしていただけなんだが。

知らないことやわからないことをいろいろ聞いたさ。多少貴族について詳しくなったり、錬金学術院でどんなことをしていたのか情報収集をしたり、なんでもない話をしながらいっぱい聞いた。

特に貴族関係の話は知らないことが多すぎて、聞くのが大変だった。

錬金学術院に行ったら、平民落ちした貴族たちとも勉学を共にするんだから、少しは知っておいたほうがいいのかと思って聞いていたら、予想以上にめんどくさそうなのと、覚えることがありすぎてすべては覚えていられなかった。

それでも、要点くらいは摑めたんじゃなかろうか。

貴族といってもその中で身分の差があって、上から順に公爵、侯爵、辺境伯、伯爵、子爵、男爵、騎士爵、魔導爵となるらしい。

侯爵と辺境伯は同じくらい、騎士爵と魔導爵は一代貴族となっているようだ。

そして、なんでかよくわからなかったが、この国には公爵家が七つあって、そのうちもっとも王に相応しい才能を与えられた者が王様になるらしいのだ。

ということは、王様は世襲制ではないらしい。

まあ、そのせいで派閥がどうのこうの、大臣ポストがどうのこうのといろいろあるらしいのだが、錬金学術院にはそれほど関係ないのでよしとした。

……うん、だってよくわからんかったし、関係ないなら関係ないで良くないか？

って思っちゃったが最後、あまり頭に残らなくなってしまった。仕方ないね。

あと、貴族にも領地を持っている者と持っていない者がいるらしい。

貴族年金の配当金の額も、領地を持っていると少なく、領地を持っていないと多くもらえるんだってさ。

これは騎士爵、魔導爵にも当てはまるらしく、彼らは領地を持たない貴族だから結構な額の貴族年金をもらえるらしい。

……まあ、その分、屋敷にお金がかかったり、使用人を雇わないといけなかったりで結局使ってしまう金額も多いとのことだ。

たぶん、貴族にお金をばら蒔くことで、国内の経済を回しているんだと思う。税を取るだけだとまずいもんね。使って回してなんぼの世界ですから、経済なんてものは。

そして、貴族の義務として、戦争への参加があるらしい。

……ここ数百年は大きな戦争は起こっておらず、貴族の一部にはどこかに攻め入りたいという過激派がいるらしい。

ただ、どの公爵も戦争をよしとしていないので、数年のうちにそうなるなんてことはなさそうである。平和なことはいいことだ。

それよりも大規模な魔境の探索と開拓のほうが、今の王国は熱いらしい。王国の西側には前人未到の大魔境があり、そこの開拓に二つの辺境伯家が力を入れているらしい。

大魔境の名前のとおり、国一つ分くらいの規模なのだ。そこを開拓するなんて、凄まじいことなのだろう。

他の魔境とどう違うのかとか興味はあるが、そっちに行くのはなしかなあ。忙しくなりそうだし。

辺境伯といえば、海に面した北の辺境伯家も面白いことを考えているようだ。

この大陸は、大魔境も含めて、海に囲まれているらしいのだが、その海の先には別の大陸があるのではないかと言われていて、北の辺境伯は、その新大陸を探しに行くために大船団を用意しているとの噂が立っている。

なんともまあ大きなことを考えるもんだ。海にも魔境や霊地はあるらしいのだが、それらを避けて行った先に何かがあると思っているのだろう。

僕の生きている間には無理そうだが、そんな大冒険もサーガになりそうで面白い話だと思った。まあ、行きたいかと言われれば行きたくないが。

そんなわけで、貴族もいろいろらしい。

ここの領主であるセレロールス子爵は、貴族の中では微妙な評価らしいことがわかった。

魔境一つを単独で抱え、もう一つを他の貴族家と分けて持っているのにもかかわらず、領内の騎士爵や魔導爵といった一代貴族は、他の貴族家に比べて少ないそうだ。

そしてそのことを知っていても、あまり手を打っていないとのことで、あと数代このままだった場合、領地の切り取りが行われる可能性があるんだと。

隣の領主もどっこいどっこいの評価らしいので、当分は安泰だろうと言われているが、隣の領主にやり手の子供が生まれてしまったらどうなるのかわからないとのことだった。

……まあ、平民にとって、領主が代わって変化することといえば、誰に税金を納めるかだけなので、セレロールス子爵家がどうなろうと知ったことではないのだが。

2

そんな話は置いておいて、僕は今、冒険者広場で馬車待ちだ。

次の目的地、ネラ町までは七日間の旅だ。

乗合馬車を探しているのだが、あいにくネラ町行きがここ二日ほどなかったのだ。

今日もどうやらネラ町行きの馬車はないらしく、おとなしく錬金術ギルドで採取物の復習でもしようかなと思っている。

乗合馬車には二種類ある。行先が決まっているか決まっていないかだ。

決まっている馬車は、領主様に依頼をされて各町を回り、村長や代官からの要望や苦情を拾いあげるものだ。一年でこの領のすべての町村を回るのだ。余裕は十分にあるけれど、予定を立てていつ、どこを回るかは馬車主が決めている。なるべく早く仕事を終わらせるために、ルートなんかの設定を頑張らないといけないわけだ。

行先の決まっていない馬車は、基本的にはどこかのギルドの職員が走らせている自由便だったりする。行先の希望を聞いてもらえるのはこの馬車だ。

錬金術師の行商人なんかも、乗合馬車の一種のようなものだ。まあ、乗合馬車ってよりも、素材の買取をやってくれる馬車ってほうが強い印象だな。乗合馬車として運用している場合、村には一日しか停まってくれないから注意が必要だ。

今は馬車業が忙しくなる少し前の時期。だから乗合馬車自体があまり多くない。

その多くない中のほとんどがジェマの塩泉方面行きだな。

レールの林も人気の霊地だろうから、速い馬車があるだろうと思っていたんだが、当てが外れてしまったというわけだ。

もう少し、宿でゆっくりしててもよかったか。……まあ結果論だ。そんな不毛なことは言うまい。

ちょっとはりきりすぎて我慢ができなかっただけなのだから。

こういうときはやるべきことを忘れていないか確かめよう。準備不足を警告してくれていると思っておいたほうが、心に安寧が訪れるものだ。

装備は……メンテもしたし十分だろう。アイテムはしっかりと確保している。あったか布、飛沫除け布、ピッタリ長靴、夜通し眼鏡、指方魔石晶の首飾り、魔械時計。

あとは……しいて言うなら予備のテントくらいか？

ヨルクの林では、火事が数年に一回ほど起こっていた。冒険者広場でも年に数回は起こるらしい。ならば宿なしになってネラ町に帰るよりは予備のテントを買っておいた方がいいのかな？　まあ、テントなんてほぼ布と同じなんだし、そんな高いものじゃなし、買っとくか。

テントは最初に冒険者ギルドでもらったんだよな。なら冒険者ギルドに売ってるんじゃないか。

という訳で冒険者ギルドに来ました。

冒険者ギルドの受付さんとは冬のあいだ話しこんでいたし、仲よしになっております。

何人かいるんだけど、みんなこころよく雑談に応じてくれるのでありがたいよね。……まあ、朝をのぞけば暇なんだろうけど。

「すみませーん。テントの布を売ってますか？」

「テント？　ええ、売ってるわよ。大銅貨二枚ね。——はい、毎度あり。どうしたの？　ここんところ火事はなかったはずよね？」

「レールの林に行くので火事対策に一つ買っておこうかと。レールの林は人気の霊地みたいですし。

火事もあるだろうと思いまして」

「ああ、レールの林に行くのね。ならもう何枚か買っておいてもいいと思うわよ。あそこがこの領地で一番火事が多いところだから」

「そうなんですね。じゃあ、もう三枚買っときます」

「はいはーい。大銅貨六枚ね。――はいちょうどね。それにしてもレールの林に行くのね。ネラ町は他の町とは少し違うから面白いわよ」

「？　どう違うんですか？」

「あそこは布の生産地だから、広い畑があるのよ。大綿花っていう植物があるんだけど、見たことある？」

「ないです。初めて聞きました」

「何でも年中育てることができる植物でね。その実から綿を取るのよ。それが人の頭より大きい実でね、中には大量の白くてふわふわの綿が入っているのよ。その畑が一面にあって、まるで雲の上に町があるみたいに見えるの。馬車で通りかかったら見てみなさいな。運がよければそんな景色が見られるわ。すぐに綿農家さんが刈っちゃうから、見られないかもしれないけれど」

「へー、そんな町なんですね」

「そうそう。余裕があるならそこでお布団を買いなさいな。ネラ町には引退した冒険者がたくさん住み着いているんだけど、その人たちに人気なのが綿をたっぷり使ったお布団でね。高いけど、寝心地がいいらしいわよ。何代か前の領主様の肝入りで作られたそうなんだけど、雲の上で寝ているようだって感想もあるくらいなのよ。お宿の布団の上にも敷けるんだから」

「いいですね。お布団。どこで買えるんですか？　自由市ですか？」

「冒険者ギルドで受注して生産してるから、注文から手に入るまで時間が掛かるのよ。春に注文しておいて秋に回収すればいいんじゃないかしら？　レールの林で採取したらお布団くらいは買えるわよ。ラーラの沼地にも行ったんでしょう？　保存瓶の存在を知っている採取者なら手が届かないものでもないと思うわ」

「布が安い理由は、平民でも買えるようにってことなんですか？」

「そうよ。場所によっては領主様が人を雇って育ててるそうだけど、ここはお布団の売り上げがあるから自立できているわね。でも、布が安いことはいいことよ。布が高かったら服だって高くて買い換えられないじゃない」

「それは確かに。でもいいことを聞きました。ありがとうございます」

「いいのよ。いつも話しに来てくれて、こっちもいい暇つぶしになったもの。じゃあレールの林でも採取を頑張ってね」

「はい、頑張ります」

テントの購入だけのつもりだったが、いい情報が聞けた。

お布団か。麦藁の布団でも十分と思ったが、綿一〇〇％の布団のほうがいいに決まっているじゃないか。

それにしてもお高いのか。まあ大金貨で済むよな、どれだけ高いって言っても。

しかし、雲の上にある町か。タイミングがよければ見られるんだろうけど、たぶん無理だよなあ。

まあ、お布団は購入決定なんだけどさ。

結局、テントを沢山買ってしまった。火事の多いところって言われたら買っちゃうよな。

まあテントと言っても縦二メートル、横五メートルくらいの一枚布の真ん中に支柱を立てて、二面だけ覆うものだから、一面はがら空きなんだよね。

前世の僕が、どこがテントだと怒ったくらいに、防水性能は低い。横雨なんて防ぐどころじゃないときもある。うまいこと風上に二面を向けておかないと悲惨なことになるんだ。

……まあ、他の人のテントの張り方を見てわかったんだけどさ。一度はやらかすぞあれは。

現に、僕もカンパノの森でやらかした。雨の中作業したもんさ。テントに入ってても入ってなくても一緒だもんあんなの。

さてさて、用事も終わってしまった。服もこの冬に買いそろえたからまだ要らないだろ。

他に何か要るものあったかな。自由市を冷やかしながら、足りないと思うものを探すのだった。

第二十八話　お布団に枕がなかった、初っ端から火事ですか

1

人を詰め込んだ幌馬車の中からこんにちは。

どうも、ヘルマンです。

時刻はお昼過ぎ、そろそろネラ町に到着です。

町の様子を外から見たいんだけどね。乗合馬車がぎゅうぎゅうで見るどころじゃない。ざっと一八人程乗っているから、そもそも座っていられないのだ。

座っているのはいちばん外側の人たち。器用に馬車の縁に座っている。

みんな、これがネラ町に行くまでずっとだから本当に大変。

人気の採取地行きだから混雑するったって限度があるよね。一人も乗っていないのはどうかと思うけど、乗りすぎもどうにかしてほしい。座ることすらできないとか、満員電車かって話よ。電車とか前世でしか乗ったことないけどな！

これなら自分の足で走ったほうがマシなんじゃないかって考えるくらいには最悪の環境だ。でも走るのも嫌なんだよなあ。

ぎゅうぎゅう詰めも嫌、どっちも嫌なわけで、同じ嫌なら楽なほう……どっちかっていうと楽なほうを選ぶよね。

というわけで七日間の立ちっぱなし旅もようやく終わり、ネラ町の冒険者広場までやってきた。

多くの引退冒険者が住む町、お布団の町、雲上町……そんな感じで呼ばれてるのかなと思ったけど、そういうのはないんだよなあ。

この世界、どうやら観光とかが全然発達してないみたいで、日々暮らしていくのに精いっぱいの平民にとって、観光なんか手が出せない。

……お金よりか時間が心配なんだよね。

農業の暇な時期は冬しかないんだよ。だけど、冬になると、飯屋の出すものが一ランク、いや二ランクは落ちる。野菜やらの食材がなくなるからね。

それに、乗合馬車の数も減る。行ったはいいが、何もせずに帰ってきましたなんてことになる可能性が高い。

保養地なんかもあるんだろうけど、お貴族様が行くくらいなんじゃないかな。

……霊地の中には温泉地とかあるのかな、塩泉なんてあるくらいだし、硫黄系統の霊地があってもいいと思う。亜硫酸ガスが怖すぎるけど、もし保養地なら、なんか対策が考えられているだろう、たぶん。

2

さてと、ここに来た要件の一つを片付けますか。

冒険者ギルドに行ってお布団の注文をせねば。

どんなものが人気なのかは領都で調べた。でも、貴族用みたいな高級なのは要らないんだ。前世の民宿レベルの布団でも十分。

干した麦藁布団は痛いんだよ、こう、チクチクするんだ。慣れはしたが、あれがないほうがいいに決まっている。

ついでに枕も作ってもらおう。枕なんてあるのかな？　まあ、なくても作ってもらうだけの話。頭を高くしたほうが寝やすいんだもの。それくらいこの世界にもあるよな？

もしこの世界に枕がなければ、今日、この世界の文明の階段を一段分あがってしまうかも。

冒険者ギルドの受付さんに声をかける。

「すみません。ここでお布団を買えると聞いたんですが」

「そうですよ。一つでいいですか？」

「一つで大丈夫です。あと、枕も欲しいんですが」

「枕ですか？　枕とはなんですか？」

「枕っていうのはですね、これくらいの四角い、小さな布団みたいなものです。これがあると頭が高くなってよく眠れるんです」

「ほうほう、ちなみに厚さはどれくらいをご希望ですか？　お布団と同じくらいでいいんですか？」

「厚さは好みがありそうですが、お布団の厚さはどのくらいですか？　――お布団がそのくらいなら、その倍くらいの厚さがあっていいと思います」

「ふむ、布自体はお布団と同じでいいんですか？」

「はい、大丈夫です。……作れますか？」

「そうですね。お布団が中金貨四枚なので、その枕とやらは中金貨一枚としましょう。製法もお布団と一緒でよろしければ問題なく作れますし、厚さも綿を増やせばいいだけですからね」

「わかりました。全部で中金貨五枚ですね。これでお願いします」

「はいはい、確かに。でも枕ですか。お布団の需要があるならその枕も売れそうな気がしますね。こちらで売り出してもいいですか？」

「ええ、どんどん売っちゃってください。ライセンス料なんてものも要らないので」

「あら、要らないってことは、遠くに行く予定の人なのね。お布団を買われる方って、この町に定住することが多いから、珍しいわね。……まあ、まだ坊やだし、当然かもね」

そうか、布団を買うのは引退冒険者がこの町に定住するときとかなのか。

……しかし、枕とセットで中金貨五枚か。剣よりも高いのはどうなんだとは思うが、お布団のオーダーメイド、そのくらいするもんなんだろうか。

「さてさて、じゃあこれを持っててね。失くしたらお布団と交換できないから。坊やは霊地のお客さんでしょ？　秋頃にはちゃんとできてるから、それまでに火事なんかで死んじゃ駄目よ」

「はい、必ず取りに来ます。……ここは火事が多いんですか？」

「そうねえ。去年は報告が少なくて、ルイス村で三回だったかしらね。もし火事に遭っても、テントなんて気にせず逃げるのよ？　安物の布を守ろうとして死んでしまうなんて悲しいでしょ。気を付けなさいよ」

「予備のテントも買ってありますから大丈夫ですよ」

「そう？　準備がいいのはいいことよ。あとは運ね」

「運ですか。それはちょっとわかりませんね」

「そうねえ。運が悪い子はそれだけで死んでしまうものなのよ。でも坊やは、たとえ運が悪くても大丈夫だと思うわ。こんなところで死なないって決意が見えるもの」

「ありがとうございます」

「いえいえ、結構な数の新人を見てきましたからね」

なんともまあ、ありがたいお言葉をいただきましたが、ほんと運だけはどうしようもないよ、受付さん。

……本当に火事だけは気を付けないと。燃えたら最後だ。そうなったときは諦めるしかないが、まだまだ死ぬには早い人生。

やることとやってから死にたいねえ、今度こそは。

……まあ、前世で何歳まで生きられたのか、わからないんだけどさ。

お布団の注文も終えたし、あとは明日、ルイス村まで歩いていくだけ。……乗合馬車もあるだろうけど、歩きで十分。すぐ隣だしね。

他の冒険者だってそうするんじゃないかな。そうでなければ、隣じゃないほうの村に行くか。でも、そっちに行くにはさらに二日かかるんだよな。

まあ、まだ慌てる時期じゃないと思うんだよね。……最終的には、どっちも冒険者でいっぱいになるんだろう。どうせなら近いほうでいいと思うんだ。

どっちにしても、今日はここで寝るしかないんだし。

3

一泊して、翌朝、いつもどおり日の出より少し早い時間に起床する。……明日からは昼夜を逆転させないといけないからつらいぞ。

顔を洗う。そしてそのまま朝飯の準備だ。今回は肉を多めに準備してきたからな。肉がないなんて事態は起こらないぞ。

……この町でも畜産をやってるよな？　やってなくても干し肉ぐらいは他の町から入ってきてるはず。……冬に領都にまで帰るのは面倒だから、ここで売っていて欲しいな。

まあ、それは冬になってから考えよう。もしかしたら宿の関係で戻るかもしれないが、基本はここ、ネラ町にい続ける予定なんだから。

乗合馬車の出発時間よりも早いけど、この町を出る。

どうせ途中で抜かれるだろう。……沢山の冒険者を乗せた馬車に。乗っている冒険者たちは、たぶん隣の村か、はたまたその隣の村に行くんだろう。

隣の村が空いてるのは最初のうちだけで、最終的にはどこでも一緒だと思う。ヨルクの林でも秋はいっぱいになってたもんなあ。

ヨルクの林以上に、ここの林は人気があるっていうし、ヨルクの林の秋がどんな状態だったかを思い出しておこう。……火事が多いって聞いたもんな。

歩きの旅は順調に進み、途中で乗合馬車にも抜かれはしたが、ルイス村に到着した。

……教会前広場がもうすでに八割方埋まっているんだが？　早すぎじゃないですかね。

誰だよまだ早いから余裕あるとか言った奴は。どう見たって出遅れてるよ？

どうすんだよったって、テントを張るしかないんですがね。

時刻は夕飯時、朝駆けの採取者もいるのか、冒険者がぞろぞろと帰ってきている。

今日はテントで一夜を明かして、朝寝るようにしないとね。夜に林に入るんだ、昼夜を逆転させないと。

どこがいいかな、なんて場所を吟味する余裕すらなく、残っているのは外周だけ。……まあ、初めから真ん中にテントを張る予定なぞなかったが。

火事が起きたら真ん中がいちばん危ない。井戸付近なんて死にたがりのためのポジションじゃないか。

そんなわけで、外周からさらにテント一つ分離れた、教会前広場の端ぎりぎりに中心杭を打ち付ける。

別にハンマーなんて使わずに、そのへんに落ちてる石っころを使う。みんながそうしているから、教会前広場には石がたくさんある。これを使えばいいのだ。

そしてテントの布の真ん中を中心杭の鉤《かぎ》にひっかけてから、残り三点を引っ張りながら打ち付ける。……打ち付けるんだったが。

「火事だー」

「水はー？」

「もう間に合わねえ」

「逃げろ逃げろ」

おいそこの野郎ども、人がテント張ってる最中に火事を起こすんじゃねえ。

いや、張り終わってなくて幸運だったが。

さっさと布を回収して教会前広場を出る。おーおー、燃えとる燃えとる。

この大綿花から作った布、燃えやすいんよ。スライム燃料便利なんだけど、誰かが蹴とばしたら最後、こうなるんだよなあ。

今夜は予定どおり、徹夜の作業になりましたよ。やったね。

燃える教会前広場。大惨事だなあ。

この片付けを、村人も手伝うんだよな、恒例行事みたいな感じで。開墾種まきシーズンにこれじゃ、農民ぶちぎれ案件ですねえ。……もしかしたら手伝ってもらえないパターンもあるかもよ。

灰のお掃除頑張ろうね。できるだけ夜の間に終わらせて、朝はご飯を食べて寝たいなあ。

それもこれもこの火事がどうなるか次第。スライム燃料が多いほど延焼時間が長くなるぞ。早く終わってくれとの願いよ、届いておくれ。

すぐそばの火事に祈るのだった。

4

そして、日の出前。普段なら目覚める時間なんだが、ここまで一睡もせず、お掃除を手伝いました。農民が手伝ってくれなそうな季節だもの、早いとこ片付けて寝ようとする、ゾンビのような冒険者たちと夜半にお掃除。

ゴミ捨て場付近に用意されていたちり取りや箒《ほうき》を使って灰のお片付けは、日が出るころ、ようやくと終わりが見えてきた。

結局、全体の五分の三程のテントが燃えたらしい。全焼は免れたってところ。

ピーク時は一五〇％（って。テントを三分の二だけ張って詰め込むの？）ほどテントで教会前広場が埋まるからな。ヨルクの林でもそうだった。ここもそうだろう。そうなっていたら確実に全焼していた。

しかし、残ったら残ったで、また面倒が起きるんだよなあ。

燃えてないテントは誰のものかで争う愚か者ども。さあ、地獄の第二ラウンドの開始だ。

俺のテントだと言い張るバカを引きはがすバカ。殴る蹴るの大喧嘩。

そんなのはどこ吹く風と中心杭と三点杭の燃え残りを物色するこすっからい奴に、何もないところに寝袋を出して寝る輩。

実にやりたい放題だ。

まあ、幸いなことに僕のテントを張る前だったし、中心杭を打ったところで終わったからな、張り直すだけでいい。

もう一度、中心の鉤に布をひっかけ、三点杭を打ち付ける。

このとき、布の真ん中の杭から打ち付けると綺麗な三角形になるから覚えておくように。端から打つとちょっと歪む。

まあ、燃えりゃあ一緒なんだが。

日の出からしばらく経って、朝飯時。さっさと食って寝ますか。

冒険者は自己責任。喧嘩するのも殴る蹴るも自由。ただし、それに伴う責任からは逃げられない。

さてさてどうなることやら。

灰まじりの砂埃が舞う中、ひとり楽しく賑やかな食事とまいりましょうか。

さすがに、火事のあとに張られたテントを、自分のだと主張するバカはいまい。

第二十九話　夜の採取だレールの林、夜しか採れない月光茸

1

テントの中からこんばんは。もうすっかり夜ですね。

どうも、ヘルマンです。

ちなみに今は晩ご飯中。

教会前広場のテントの数も、一時的に四割くらいまで減っているが、明日にはすっかり元どおりどころか、さらに増えるだろうと予想できる。……限界突破して、前後左右全部危険地帯になるんだろうな。

食事を作るにはどうしても火を使わないといけない。そんなところを、ただでさえゾンビのような冒険者が歩くのだ。まあ、火事になるよなあ。

僕の火葬場にならないように気をつけよう。

さて、そんなわけで夜でございますよ。はからずも徹夜に成功してしまったので、これからゆっ

くり採取に行こうと思います。

……冒険者の中には同業者がいるらしく、夜のレールの林に入っていく姿が見える。……さすがであるな。

夜にしか生えない、月光茸と満月茸は高価買い取りだからな。これらを狙って、この時間に動き出すんだろう。

……他の冒険者の真似をしているだけの奴もいるかもしれない。そういう奴らは昼間と夜中で採れるものが同じ、というか同じ値段で買ってもらえるものしか採取できない。いくら月光茸や満月茸を採取できても、ちゃんと綺麗な水の入った保存瓶で保管しなければ品質が下がる。

多少の劣化は防げても完ぺきではないんだよね、たとえ保存瓶であっても。

昔の人はよく材料を観察したんだなあとしみじみ思う。資料が残っているのは、長い間研究してくれた人たちのおかげなんだから。感謝して活用させてもらわないとね。

……ちなみに今夜の月は半月くらい。満月は三〇日に一回だから、月齢を把握している冒険者はネラ町に住んでいる奴らだな。満月茸なんか、すぐに見つけてしまうんではなかろうか。

まあ、少なくとも三年はこの村にいることが決定している僕は、まずは一瓶にいっぱい、一〇本程度の満月茸を採取の目標にしようかなとは思っている。……がっつり取れたら言うことなしなんだけど、そこまで採れるもんなのかがわかっていない。

図鑑にも、満月の夜にしか採れないとしか書いてないから、どれだけ希少かまではわからないいんだよね。

今のところ〝至高のポーション〟の材料になるという情報と、とても強い光属性と闇属性を持っているって情報があるくらいなんだよ。

ちなみに、回復系ポーションには、現状で五段階が存在している。初級ポーションから始まって、中級ポーション、上級ポーション、最上級ポーション、至高のポーションだ。これらは治せる傷が変わる。至高のポーションともなると、部位欠損すら治してしまうらしい。とりあえず飲んどけば五体満足に戻るというから、摩訶不思議な薬だ。

最上級ポーションでも指とかの小さい欠損は治るらしい。となると、至高のポーションは最上級の上が偶然作れたのでそう命名しました感が凄いな。これ以上の効果を持つポーションは作られないと思うが、もし作られたとしたら、なんて名前になるんだろうね。

ポーションついでに解説をしておくと、ポーションは傷を治すのと同時に魔力も回復させる。

そして、魔力回復専用のポーションも存在する。こちらは傷がいっさい治らない代わりに、魔力だけが回復する。その回復量は作り手によって変わってくる。

作り手によって治せる傷が変わることがない回復系ポーションのほうも、魔力の回復量は異なるようだ。

一度に使用する材料の量だけでなく、才能の星の多い少ないも関係あるので、魔法使いは信頼できる錬金術師と取引をすることが多い。自分の魔力量以上に回復するポーションは必要ないからね。

自分の魔力の八割位回復する薬が一番いいとさえ言われている、お財布的に。

高いんだよね、魔力回復ポーション。一番安くても小金貨二枚からなんだよ。原価は中銀貨五枚から。魔力茸一〇本がとりあえずの原料だからね。

まあ、魔境に向かう冒険者の魔法使いにとっては絶対に必要な物なんだろうけど、小金貨二枚以上の成果をあげられないと、赤字になるからな。買う人も限られるんだろう。

2

そんな話もしつつ、夜の採取でございますよ。

夜通し眼鏡のおかげで昼間とほとんど変わりない視界を保っている僕は、かなりのアドバンテージがあると言ってもいい。

一応、他の採取に向かう人たちを観察していたんだが、眼鏡をかけている人はいなかった。

夜中の林は視界が悪かろうに、錬金アイテムを知らないだけでやっぱり損をしているよなあ。

満月茸と月光茸の区別も付かないと思う。いや、他のキノコでも迷いそうだよな。

間違えて星彩茸を水に浸けてしまったら、素材としての価値が下がってしまう。実にもったいない。

夜通し眼鏡くらい冒険者ギルドもサービスしてあげればいいのにね。……冒険者ギルドの受付さ

んが知らないということもあるかもしれないな。知っていたら黙ってはいないだろうし。

錬金術ギルドに、冒険者はほとんど来ないからな。素材を売りに来る時くらいだし、素材を納品してる人が錬金アイテムを知らないって事も……ないか。なんで情報を制限してるのか知らんけど。

夜もまだまだ始まったばかり、まだ月光茸は生えてきていないんだろうか。三〇分位しか探していないが、収穫はゼロだ。

魔力茸や旋風茸、空風茸に星彩茸はたくさん生えてるから、ありがたく採取しているんだけど、本命がなかなか見つからない。

魔械時計を見る。……一応、夜といわれる時間帯にはなっているはずだ。

もう少し奥まで行ってみようか。指方魔石晶の首飾りを持っているし、どんどん奥に入っていってみよう。

そういえば、ここに住んでるのはどんな幻獣なんだろうか？

別に幻獣ハンターをやるつもりはないので見つけなくてもいいんだが、マルマテルノロフやタルタランドランのときのように、一攫千金のタネがポロっと落ちていてくれてもいいんじゃよ？

まあ、カンパノの森でも野生の幻獣は見なかったし、ヨルクの林でも、マルマテルノロフはジュディさんのところに飼われている奴しか見ていない。

野生のタルタランドランを見つけられたのは運がよかったとしか言えぬわけで。

そう簡単に見つけられるなら、他の幻玄派の錬金術師も苦労していないだろうしね。

しばらく奥へ奥へと進んで、ようやくと一本目の月光茸を見つけた。この辺を拠点にして周辺を採取していきましょうか。

今頃になって生えてきたのか、それとも見落としていただけなのかはわからないけれど、探すなら同じ環境がいいだろう。

どっしりと構えて採取を続行、たくさん採取できるといいなあ。

3

やがて、朝を迎える。そろそろ林の外に出ないとな。月光茸も引っ込んだし。

そう、月光茸はそれなりに見つかったのだ。夜にしか採れないから一日一本くらいのペースかなとか思っていたんだが、思いの外生えていたんだよ。今日だけで三〇本は見つかった。血眼になって探すことにならなくてよかったと思う。

そんなわけで、思ったよりも多く採取できて、……そこでふと思ったのだ。夜にしか採れない月光茸を放置しておいたらどうなるんだろうと。それで、朝も近い時間に見つけた月光茸を観察していたんだ、魔械時計で時間を計りながら。

そうしたら、月光茸は生えていたその場に引っ込んだ。生えてくる動きを逆回しにするかのごとく、地面に吸い込まれていった。

魔械時計を見ると、朝と夜の境目を指している。これでキノコの引っ込む時間もわかった。おそらく生えてくる時間はまちまちなのかもしれないが、採れなくなる時間は一致していそうだ。これがわかったのは大きなことだ。やめどきがわかるんだもんな。

そんなわけで、今日のところは終了。帰ってゆっくりと朝ご飯を食べましょう。そして寝る。

完全に昼夜逆転に成功したが、これからはずっと月の下を歩くことになるのだ。……まあ、林のせいで月は見えないいんだけど。

でもトイレなんかは日中に行っておいたほうがいいよなあ。夜中にトイレを貸してくれとお願いするのは、冒険者の心得には書いてなかったがマナー違反だろうし。その辺は昼の人に合わせないといけないね。……実に面倒だけど、仕方ないよなあ。

そうそう、今回、トイレ利用料の先払いはできないだろう。この冒険者の数だ、顔を覚えてもらうのにも限度ってものがある。一回一回払うことにしよう。

これも面倒だなあと思いながら自分のテントに帰るのだった。

第三十話　満月茸を手に入れろ、満月茸って高くない?

1

テントの中からこんばんは。今日も夜の採取ですよ。

どうも、ヘルマンです。

魔械時計の月齢機能が間違っていなければ、今夜が満月のはず。魔械時計にこんな機能があったんだなあとしみじみと思う。

いや聞いてくださいよ、魔械時計の盤面には丸い小窓があるんだけど、それが月齢を表しているんです。

半月の夜からずっと魔械時計と月を見てたからわかったけど、こんな機能ついてるんなら最初から教えて欲しいですよ、錬金術大辞典さん。基本的に作り方と簡単な説明しか書いてないんだからわからんとです。

まあ、そんなことは置いておくとしてだ。今日が満月のはず。ということは満月茸がそこらへんに生えているはずであるということだ。

すでに月光茸はある程度の数を採取できるということはわかっている。であれば満月茸をいかに大量に採取できるかが今日の勝負どころさんである。

他の素材はひとまず置いておいて、満月茸のみを狙うスタイルで行く予定だ。月光茸すらもスルー対象、稼ぐ気満々のデッドオアアライブ精神で行きましょう。

一つも見つからないなんてことになったらどうしましょうね？　たぶん三つ四つは採れると思うんだけどなあ。

そんなわけでレールの林の深いところへ、浅いところよりもなんとなく深いところのほうがありそうな感じがするよね。

……探索を始めて一時間強。ようやく一本目の満月茸を見つけた。

意外と簡単に見つかってよかった。これなら今日中に瓶一つ分くらいは採取できそうな気がする。

さてさて、いつもどおり、見つけたそばから探していこう。……これは星彩茸、次行こう。月光茸か、キープしたいが本命じゃないため今回は断念。

一分一秒を惜しみ、満月茸を見つけることに神経をとぎすませて、……本日の収穫、満月茸二一本。以上。

……これはなかなか採れたんじゃなかろうか。やっぱり他の素材を捨ててまで探した甲斐があるというもの。

普通の冒険者がどれくらいの満月茸を採るかは知らないが、これよりも多いなんてのは稀じゃないかと思うくらいにはできすぎな気がする。

普通は夜通し眼鏡なんて持ってないだろうし、今日に狙いを定めてきた冒険者がいても数個採ればいいほうなんじゃないかな。

さてさて、あとはこれがいったいいくらになるのかが問題だな。がっつりと金になってくればありがたいな。

そう思いながら林の外に帰ってきた。

辺りは明るくなっており、あちこちで朝ご飯の匂いがする。

冒険者が食べるものは基本的に三つ。麦粥か干し肉かキノコである。その他の保存の利かない物はなし。

何か錬金術で保存食を開発できないものか。……いや、錬金術じゃなくてもいい。何か欲しい、切実に。

でないと食生活が危ない。同じものばかり食べるのは飽きたし、違うものも食べたい。

前世の僕は食べる専門だったので料理の知識も乏しい。前世の僕よ、もっと頑張ってほしかった。

基本的に前世の知識は当てにならない。

そんなわけで、今日のメニューは干し肉とキノコ入りの麦粥である。

ここは霊地、しかも毒物は生えてこない霊地。キノコも安心して食べられる。万が一毒にあたってもカンパノの森の時の解毒ポーションが残っているし、問題なし。

カンパノの森では結局使わなかったんだよね。確かにお腹が少し緩くなったかも程度だったので、胞子の毒は微弱だったのだろう。

そして朝ご飯を食べたら食器を洗い、寝る。朝日がすっかりと昇ってしまっているため、しっかりと寝ないといけない。今日の夜も採取に行かねばならんからな。そのための体力は残しておかないといけないからね。

2

……目が覚めると、夕方少し前だった。

広場には錬金術師の馬車が停まっていた。これは素材の単価確認をしないといけないな。幸いにもまだ帰ってきている冒険者はいないし、先に査定を済ませてしまおう。

錬金術師の馬車のところには、夜の同業者がすでに何人か並んでいて、少しの間、順番待ちだ。今までは待つ事ってなかったから新鮮でいいな。

ワクワクしながら待つこと一時間程、ついに僕の番だ。

「お邪魔します」

「はいよ。買い取りだね」

「はい。でも、単価の確認もしてほしいです。よろしくお願いします」

「単価の確認？　えらく珍しいことだけど、まあたまにあるからね。さあ、素材を出しておくれよ」

「わかりました。あと、細かいことですけど、一個ずつ解説してもらえたらありがたいです。では出していきますね」

一三種類の素材を採取しているから一三本の瓶を並べる。満月茸と月光茸は一個ずつ出すだけにしてある。単価を確認しないうちに全部出しきっちゃったらもったいないからね。

「じゃあ順番に行こうか。これは風鈴草、一本中銅貨一枚だ。こっちは聡明草、これも中銅貨一枚だね。これは白爪草、中銅貨二枚だ。こっちは茅葺草、中銅貨一枚。これは晴嵐草、大銅貨五枚だ。これは旋風茸、小銀貨二枚だ。これは空風茸、小銀貨二枚だ。これは光旋風苔、中銀貨三枚。赤山嵐草、中銀貨五枚。久遠草、大銀貨一枚。星彩茸、大銀貨五枚。でこれが月光茸、大白金貨二枚。おおっ、ちゃんと満月茸だな。小魔金貨五枚だ。合計で小魔金貨五枚と大白金貨二枚、小金貨六枚に大銀貨五枚、中銀貨七枚、小銀貨五枚、大銅貨五枚だな。……昨日ちゃんと満月茸を確保できたみたいだな。感心感心」

「ありがとうございます。やっぱり満月茸は高いですね」

「そりゃあな。満月の夜にしか採れないんだからしかたないだろう？　それに大切な〝至高のポーション〟の材料だ。買い手はいくらでもいる」

「でしょうね。ありがとうございました」

「はいよ。またどうぞ」

錬金術師の馬車を出る。……うわあ、死人の列がいっぱい。

3

……今日はテントを片づけてから林に入ろう。今夜は火事が起こる気がする。似たようなことがヨルクの林でもあったからな。用心に越したことはない。

……もし何もなければ外周に追いやられるが、それはしかたないだろう。この混み具合に巻き込まれることと比べたら、外周でも十分である。

……でも、こんな混み具合だと、馬車は一回村を出てから回らないといけないのか。農地と村の間の通路はなんのためだろうとは思っていたが、そうか。こうなった場合馬車が通れないからか。また一つ賢くなってしまったな。

ダーリング村にもあったんだが、冒険者広場は井戸の周りと各馬車道から離れているからな、よく考えなかった。気づきは大事よ。

夕食を食べて、テントを片して、外周のところに中心杭を立てときましょ。指方魔石晶の首飾りがないと、帰ってこられないからね。

さて今夜も張り切って採取といきましょう。中銅貨程度の素材も一応集めていく予定だから、サクサクといきましょうね。主に月光茸の採取が目的だが。

月光茸でも大白金貨まで行くとは。恐るべしレールの林、いや光属性の霊地と言っておきましょうか。

そんなわけで、一晩中採取をして、明け方、林のところまで戻ってくると、木々の切れ間から焦げくさい臭いがする。……まあ、でしょうね。あの死人の行列を見れば解るよね、こうなることくらい。

広場に戻ると、燃え尽きたテントを冒険者たちが掃除中。村人は農業で忙しいから手伝ってくれませんよ。今は開墾と種まきで、いちばん忙しい時期だもんねえ。そんなときに余計なことに割く人手なんてあるものかよ。

教会前広場の片付けが終わったのは昼前だった。……もう寝ないと今晩がつらいんだけど、テントの立て直しからだな。

幸いにも僕の中心杭は無事だった。中心杭は多少炙られたかもしれないけれど、溶ける火力じゃないし問題なし。

指方魔石晶の首飾りも錬金アイテムだから燃えないんよね。それは嬉しいことだ。盗難の可能性もあるんだが、価値のわからないものを盗るのかって話だよね。

まあ、盗られたら斬ればいい。冒険者の心得、人の物を盗ってはいけません、これがあるかぎり私刑が許されている。……まあ今日は別の意味で私刑大会になりそうな予感がするが。

テントを張ってさっさと寝よう。朝ご飯は……まあいいか。

……夜、まあ夕方ちょい過ぎだけど。寝たのが昼前だから少し遅い起床だ。

井戸に行って顔を洗い、鍋に水を入れて自分のテントに戻る。

広場を見回すと、三割くらいの密度でテントが張ってある。

色んなところで人が、冒険者が倒れている。私刑祭りが行われたようだ。かれらが生きているのか死んでいるのかは明日になればわかるだろう。

毎度の事なのか気にしていない冒険者のほうが多い。生きていたら明日の朝に町に帰るだろうし、喧嘩をしなかった冒険者は今日にも帰っているだろう。

晩ご飯をしっかりといただいて、鍋を洗い、火の処理もした。

さっさと林の中に行ってしまおう。今日も満月ではないから月光茸狙いで、他の素材も浚《さら》っていく感じで。

第三十一話　お布団と枕を貰いに来ました、気に入ったのでもう一セット

1

涼しげな秋の夕暮れ、いかがお過ごしでしょうか。

どうも、ヘルマンです。

最近になって冒険者がグッと増え始めた。教会前広場は一五〇％程埋まっており、テントとテントが干渉しあう状態になっております。

冬越えの冒険者多すぎだろ。も少しここを広く作ってくれれば良かったのに。……一緒か、どうせ広ければ他の冒険者がやってきて、結局密度は変わらないパターンだろう。

さて、採取にはもう行かないつもり。もう麦の刈りとりが終わっていて、行商人の麦の買いつけもあらかた終わった頃だろう。もう少しすれば冬がやってくるというのが帰る理由だ。

いい宿も確保したいし、冒険者ギルドにお布団と枕を取りに行かないといけないしね。

だから晩飯を食べてもう一回寝たら、明日の朝帰るっていうスケジュールだ。

そして、テントの布も五枚から二枚になってしまっている。三回ほど火災で燃えたのだ。

いや、火事自体はもっとたくさんあった。……レールの林は満月茸が採れる関係かなんだか知らないが、やたらと錬金術師の行商人がやってくるのだ。そのたびにテントを片付けて外周に避難していたのだが、二回に一回は火事を起こしているんだもんな。

毎度毎度テントを片付けるのは面倒だったが、それでも燃えないほうがいいので、結局のところ片付けるんだけど。それでも予期できない火事もあるのだ。そのせいで三枚もやられてしまった。

もしかしたら五枚でも足りないんじゃないかと焦っていたところだ。

まあ、今夜はもう晩ご飯を食べて寝るだけ。しかし、今まで昼夜逆転生活を送ってきたから寝られるかどうか。……いつもよりも夕飯をたくさん作ったから、お腹がくちくなったら寝られるだろう。

今夜は、火事は起きないよな？　いつも寝るときにそれだけが心配なんだ。早々には眠れないにしても、早く寝てしまうと火事が怖い。

そんなことを考えていると、寝起きにもかかわらず、眠くなってきたので寝るか。

おやすみなさい。

……朝、何事もなく朝を迎えられた。

さっそく井戸の水で顔を洗い、朝ご飯の準備をしてテントに帰って食べる。

……いまだにこの火を着ける作業が怖い。周りのテントに火打石の火花が散らないか心配で堪らないのだ。

スライム燃料はすぐに燃えてくれるからありがたい反面、火事になると止められないからなあ。

いまだに初期消火活動をやった覚えがない。冒険者の心得には、可能なかぎりの消火活動を行うこととあるが、井戸の周りが燃えていたら消火できんのよな。

燃え尽きるまで放置が冒険者の常識といってもいいと思う。

朝ご飯を食べたら洗い物をして撤収。テントを片して指方魔石晶の首飾りを回収して終わり。実に楽ちんである。

2

さて、半日程の駆け足の旅か、夕方頃までの徒歩の旅か、どっちでもいいが、なんとなしに駆け足で行くことにした。歩いても暇だし、体力づくりにちょうどいいからね。

そんなわけで、ネラ町には駆け足で帰った。

到着時刻は昼過ぎ。五、六時間ほど走っただろうか？　足はパンパンに張っている。でも、この疲労感は結構好きだったりする。さすがに走り続けるのは無理だけど。

とりあえず冒険者ギルドに行きましょう。お布団と枕を貰いに。

とりあえず受付に行けばいいよな。……前回の受付さんとは違うけど、問題ないよな。

「すみません、お布団と枕を受け取りに来たんですが。あ、これ識別用に貰ったものです」

「ああ、枕の人ね。わかったわ、ちょっと待っててね」

枕の人ってなんだよ。いやまあ別にいいんだけどさ。

でも、枕の人かあ。前世の記憶からはいかがわしい情報が出てきたが、大丈夫なんかこの呼び名。

……男の枕営業なんてあるのか知らんけど。この世界には関係ないし、いいか。

「お待たせ。これお布団と枕。枕、これいいわね。ためしに何個か作ってみたんだけど、頭がちょうどいい高さになって、寝やすかったわ。これから広めていくつもりだからいい感じに売れるといいんだけど」

「前に言ったように僕はお金は要りませんので」

「ええ、そう聞いているからわかっているわ。でももったいないわね。案を出したのは君なのに」

「まあ、この町に定住する予定はないのでしかたないです。あ、いい宿屋を知りませんか？　個室に朝晩の二食つきで」

「そうねえ。東のメイン通りの南側にある五軒目の宿屋なんてどうかしら。ちょっと中心部から遠いけど、個室だしご飯もついていたはずよ。ちょっとお高いけど、君なら問題ないでしょ」

「お高いくらいは問題ないです。ありがとうございます。行ってみます」

さっそく行ってみよう。ちょいとお高いくらいでちょうどいいだろう。この町はたぶんだがお金を持っている冒険者が泊まるように価格を上げているだろうし。

近くにレールの林があるんだもんな。月光茸だけでもいい感じにおつりがくるんじゃないかな。月光茸一つで大白金貨二枚だからなあ。前世の通貨に換算すると、鉄貨を一円とした場合、大白金貨は一兆円くらい。物価も何もかもが違うから、絶対に当てはまらないが。

キノコ一つで二兆円とかふざけてるもんな。

3

……ここが受付さんが言ってた宿屋か。いたって普通の宿屋ですよ。領都で泊まった宿屋と大差ないと思うの。まあ、寝られて食えれば問題なし。

さっそく宿屋に入る。

「ごめんくださーい」

「はいはい、ちょっと待っとくれ。――はい、いらっしゃい」

「あの、個室で二食付きの宿はこちらですか？」

「ええ、うちは個室宿で、朝と晩に二食お出ししてますよ」

「じゃあ、一冬の間、お願いします」

「一冬でしたら小金貨二枚ですけど、よろしいですか？」

「はい大丈夫です。――これでお願いします」

「確かにいただきました。じゃあこれが二〇六の札ね。鍵は内側からしか掛けられないから、大切なものはちゃんと『エクステンドスペース』に保管しておいてください。失くしたなどの苦情はいっさい受けつけておりませんので」

「わかりました」

「それから、食事は朝と晩に一階の食堂で食べられますので言ってくださいね。あまり時間がずれると用意できませんので気をつけてください」

「はい。あと、井戸とトイレはどこにありますか？」

「共同井戸は裏口を出て東に少し行ったところにあります。共同トイレは一階のこの奥です」

「ありがとうございます。わからないことがあったらまた聞きます」

「はい、そうしてください」

二階に上がって突き当たりの部屋が二〇六みたいだ。……三階もあるみたいだから、まだ全部屋は埋まってないのかもな。

二〇六の部屋は、領都の宿の個室よりも少し広かった。特に窓が大きい。これなら昼間にお布団も干せそう。

……干したお布団を盗まれる可能性があるって事だよな。あの言い方だと。南側だし、お布団を干した日は外出禁止だな。

そうなると、お布団を干している間のお布団が欲しくなってくるな。

……もう一セット買うか？　買っちゃうか。無駄にはならんでしょ。

いやいやまずは寝心地を確認してからでしょ。もしごわごわでしたとかなら、王都でお高いのを買ったほうがいい気がするんだよね。

とりあえず、麦藁の布団の上に新しい布団をよっこいしょ。そしてダイブ。

……んー、前世の僕はまだまだだと言っているが、チクチクしないし、生地も太い糸で編んであるからもふっとしてる。これならもう一つ作ってもらってもいいんじゃないかな。

枕もいい感じの高さだし、気に入りました。

たまには前世の知識も役に立つじゃん。……実際、酒の時以来か？　前世の知識が活きたのは。

さて、お宿も決まりましたし、冒険者ギルドに行きましょ。お布団をこの冬に作ってもらうために。

これは前世のときからの癖なんだけど、予備を持っていないと気になってしまうんだよな。

本当にお高いものは一つしか持つつもりはないが、今世だと使いきれないほどの金と『エクステンドスペース』のおかげでとりあえず二つ買っちゃう癖がつきそうな感じがする。

実際には要らないものも多いだろうが、心の安寧には代えられんのよ。無駄にはならないと思うので許してください。

冒険者ギルドにはさっきの受付さんが座っている。立ってはいない。

暇そうだし、立ってないといけない理由もないしね。

「すみません。お布団と枕をもう一セットください」

「あら？　さっき取りにきた君よね？　どうしたのもう一つ欲しいって。……ああ、そういうこと。気の利く男はいい男よ。中金貨五枚ね」

「？　わかりました。これでいいですよね」

「ええ、問題ないわ。はいこれ、識別札ね。たぶんこの冬の間には仕上がると思うから、春になってレールの林に行く前に声をかけてくれる？」

よし、これで予備も確保。……何か変な納得の仕方だけど、何でだ？

まあ買えるんならなんでもいいか。

いちおう冒険者ギルドの依頼票を確認する。……うん、ここにもネズミ捕りの依頼があるな。体が鈍らないように、何日かに一度のペースで受けようかな。他は特にいい依頼もないし。

さて、この冬こそゆっくりと過ごすか。冒険者ギルドをあとにして、宿屋に帰っていった。

第三十二話　十一歳　レールの林で時間が飛びました、王都行きのための情報収集

1

馬車の中からこんにちは、そろそろ冬ごもりの時期ですね。

どうも、ヘルマンです。いま、領都に向かっているところです。

いやーレールの林に三年もいたからな。久しぶりだよ。

……二年ほど時間が飛んでいないかって？　特筆するようなことは何もなかったんだよ。

採取して寝て、採取して寝て、採取して火事の後片付けをして寝て……を繰り返していただけだからね。

他の採取地のように冒険者がいなかったら、何かイベントでもあったかもしれないが、周りは冒険者だらけ。かといって、ろくに交流もせずにただひたすらに採取していたんだ。

そんな話を聞きたいか？　僕は聞きたくない。本当に面白いことは何もなかったんだよ。

あ、ネラ町でも、冬場はネズミ捕りをやっていたよ。冒険者ギルドの依頼はそれしか受けてない。

あとは、服を買いました。現在十一歳。今年の年越祭で十二歳になるけれど、もう身長は一八〇センチくらいになりました。

農民の大鎌を見るに、これでも平均くらいなんだよね。同じ年頃の子たちと比べると、もう少し伸びそうで、最終的には一八五センチくらいになるんではなかろうか。実際にどうなるかは解らんけどね。

採取のほうは正直、思っていたよりも順調に行き過ぎたような気がする。

月光茸もたぶん使い切れないだろうと思えるほどには確保したし、満月茸にいたっても瓶五〇本は確保しました。ざっと五〇〇本強、十分でしょ。

〝至高のポーション〟の売値が大魔金貨一枚からだから、実質大魔金貨五〇〇枚強のお金が入ってくる計算ですよ。傲慢さんがうしろで踊っていそうですよね。

あとはそうだな、火事の回数が半端じゃなかったくらいかな。

ひと月に一回くらいのペースで火事が起こってたからね。

しかもヨルクの林のように農民が手伝ってくれることはない。冒険者だけで後片付けをしないといけない事態には、あれだけ火事があったんだからもう慣れた。

それでも、ゴミ捨て場に麦藁で作った箒なんかがたくさん置かれてて、とっても役に立ちました。

箒の柄が木製だったのが驚きだったたってことくらいだろうか。

あとは焼死体を教会に引き取ってもらって、その次の日に起こる格闘大会で出る撲殺死体を燃やして教会に届けてを繰り返す。この三年で何人死んだんだろうか。数えるのも億劫なくらい死んだ。闇に呑まれたりはもうしていない。そのへんの気持ちの昇華のしかたはなんとなくだけど覚えたから。大罪に呑まれるようなことにはなっていない……と思う。

2

そんなことくらいしか話すことがない……なんて話してる間に、この乗合馬車の旅も、特に波乱もなく、領都に到着した。

時期としては、新年祭までまだ少しあるころ。春になってから移動しても良かったんだけど、なんとなく早めに帰って来た。情報収集もしないといけないからね。

この春には、王都に向かって出発しておきたいんだよな。夏でもいいんだけど、少し早く王都に到着して、近くの霊地や魔境にはどんな素材があるのか、どんな魔物がいるのか、錬金術ギルドや冒険者ギルドで情報収集しておきたいんだよな。

そもそも、領都から王都までの距離も時間もわかっていない。本当に初歩の初歩から情報収集をしないといけないのだ。

……とはいっても、片道一年以上かかりますなんてことにはならないと思っている。王国だってさすがにそこまで広くはないだろう。

ということで錬金術ギルドにやってきました。早速聞き込みだ。

「すみません。王都まで行きたいんですが、何日くらいかかりますか？」

「王都ですか？　ということは錬金学術院入学希望者ですかね。今から行っても入学にはギリギリになるか、間に合わないと思いますよ？」

「あ、いえ。今年の新年祭で十二歳なので、まだ入学はできないです。行くとしたら何日くらいかかるか聞きたかっただけなんです。」

「あ、そうだったんですね。順調に行けば五〇日くらいで着くと思います。……ちょっと待っていてください。確認したいことがありますので」

そう言うと、奥に引っ込む受付さん。別にきっちり何日って教えてくれなくてもよかったのに。だいたい五〇日、遅くとも次の秋ごろに向かえば、入学には間に合うだろう。それがわかれば十分なんだが。

そんなことを思っていると受付さんが戻ってきた。

「次の春、王都に向かうための馬車を出してほしいと教会からの依頼が来ています。それに相乗りさせてもらうのがいちばんいいと思いますよ。確実に、最短で着きますので。……料金は小金貨一枚。おすすめです。」

「依頼なんですよね？　相乗りさせてもらってもいいんですか？」

「いいですよ。どちらにしろ冒険者ギルドに護衛の依頼も出さないといけないでしょうから。……

御者は元貴族ですので、他に護衛を雇う必要はないとは思うんですが、教会側がそれでは不足と思った場合、冒険者ギルドに信頼できる冒険者を紹介してもらい、戦力を増やしたことを証明しなければならないんです。……あなた、ある程度は戦えますよね？」

「まだゴブリンとしか戦っていませんが、三体までなら問題なく相手にできました。それ以上を一人で相手するとどうなるかはわかりません。いちおう、剣士に星が三つ振られています」

「剣士の星が三つならば問題なく戦力になるでしょう。ほとんどがゴブリンかコボルト、まれにオークが出るくらいですので。初級ポーションと解毒ポーションをいくつか持っておけば十分だと思います。毒を持つ魔物は出てこないとは思いますが、念を入れておくのがいいでしょう」

「初級ポーションを二〇本と解毒ポーションを一〇本確保してあるんですが、十分でしょうか？」

「それだけ持っていれば十分だと思います。……相乗りするなら、何度も言いますが小金貨一枚をいただきます。これは依頼ではなく、相乗りというかたちですので、報酬もありません。それでもいいですか？」

「問題ないです。ここで先払いですか？」

「そうですね。先払いです。――はい、たしかに受け取りました。いちおう、新年祭が終わってから五日に一度くらいの頻度でこちらに来ていただけるとありがたいです。十日前くらいには出発の連絡が来ることになっておりますので」

「わかりました。春ごろなんですよね？」

「はい、種まきの少し前くらいと聞いております。……他の職員にも話を通しておきますので、受付が私じゃなくても大丈夫ですからね」

「はいわかりました。ありがとうございます」

いい情報をもらえた。王都行きが確実になったな。

春ごろにここを出発して、五〇日程度の旅であれば、夏の最盛期までには着くかな。

王都に隣接しているという霊地にも行けるな。魔境についても調べてみたい。一度行ってみるのもいいかもしれないな。

奥には行かないよ？　周辺の、ほんの入り口だけ。ゴブリンやコボルトなんかの最下級の魔物と戦うくらいにしておく。もしかしたらオークくらいまでなら勝てるかもしれないが、そもそも王都の魔境がどの程度危険なのかがわからんのだ。

その辺は王都に行ってから情報収集をしないとね。

……そんなわけで、錬金術ギルドを出て宿屋に移動する。目指すのは、いつも泊まってたあそこだ。

だってご飯が美味しいから。理由はそれだけで十分だ。

宿屋なんて泊まれれば十分だと思っていたが、冬場に食べ物屋に行って撃沈してからは、宿のメニューを大人しく食べることにしていた。

食べ物屋って聞いて期待していたら、麦粥と干し肉のスープくらいしか出てこないんだもの。

それにひきかえ、宿のメニューは、春や夏に採れて瓶に保存してあった野菜を使ってるから、メニューが豊富なんだ。これなら、どっちを食べたいかはすぐに決まるよね。

第三十三話　十二歳　新年祭、お祭りですね

1

雪がチラつく寒空の下、いかがお過ごしでしょうか。

どうも、ヘルマンです。

今日は新年祭。お祭りですねえ。

今年も、新しく星を振られた人たちを賑やかしに行きましょうか。

ネラ町でも、冒険者は町人と一緒になって祝ってたんだ。村だけなんだな、冒険者が追いやられるのって。

町の常識だとなんでそんなって思いそうなもんだけど、村は教会前広場が広くないし、せっかくの酒を盗られたくないからだろうと推察する。

酒は、町では売り物だけど、村では村のみんなで飲むものだからね。

冒険者広場は盛況で、人人人の人の海だ。今日ばかりは貧乏冒険者もテントをたたみ、広場を空

けているが、それでも狭苦しいのは領都の住人が多いからだろう。

冒険者ギルドで話を聞いてみたんだが、どうやらセレロールス子爵領でいちばん発展しているのは、この領都ではなく、ジェマの塩泉の周りの町なんだとか。

基本的に、霊地の周辺には村を作り、魔境の周辺には町を作る決まりになっているらしく、その決まりのとおり、ジェマの塩泉の周りには町しかないようだ。

そういう町の人口が多いのは、まあ、冒険者がたくさんやってくるからだろう。家持ちの冒険者がいるのも魔境の周辺の町か、光の魔境・霊地の近くの町くらいだと聞いたし、逆に戦力にならなければ残らないということなのだろう。

産業の規模も、領都のほうが負けているらしい。鍛冶屋なんて、当たり前だが魔境周りのほうがいい物を作っているだろうし、服だって魔境の冒険者にとってはいくらあっても足りないだろうしな。戦闘が多く、返り血なんかを浴び続けていて、赤黒く染まった服をずっと着ていたいなんて奇特な冒険者もいないだろう。

じゃあ、領都はどのへんが優れているのかといったら、ギルド関係らしい。魔境の周りの町には、基本的に冒険者ギルドしかない。テイマーギルドも魔術師ギルドも、錬金術ギルドすらもほとんどない。ギルドに関してだけは、町よりも領都もしくはその領の中心都市のほうが圧倒的に多く存在している。

しかし、町や村でも、教会だけは人材不足にはならないらしい。村の一つひとつにかならず教会が建っていて、聖職者の数はどこでも最低二人いるんだとか。しかも、結婚できる年齢の二人が。

これは、神様が教会を空けることをよしとしていないからだと言われている。

たしかに、僕の村でも神父シモンとシスターカミラは同年代で、結婚していた。シスターディアナはまだ成人前のようだったが、もしかしたら僕が出て行ったあとに、新たな神父が誕生しているのかもしれない。

教会は、基本的には村人や町人の寄付だけで生活しているんだもんなあ。それなのに、教会が貧しいなんて聞いたことがないんだよね。村長や代官なんかからの寄付があるのかもしれない。

2

そんでもってお祭りですよ。

今年も屋台が盛況ですね。どこを見ても肉串にスープ、酒、肉串、肉串。

肉串推しなのは、保存食が発展していない証拠なんだよなあ。

甘味なんかもあっていいとは思うんだが、砂糖が高いのか？　はちみつなんかも見ないし、高級品なのかなあ。砂糖の採れる霊地とかもありそうな感じなんだけどね。

しかし、今年の肉串は少し違った。……いや、去年までネラ町にいたから、今年から変わったのかはわからないが、とにかく肉の種類が違った。

前に領都の新年祭で食べた肉串は、兎と鶏とネズミだけだった。しかし今年はカエルとオークが交じっている。

カエル肉はジェマの塩泉の火吹きガエルの物だろう。オークもジェマの塩泉にいるみたいだから、そこから流れてきたんだな。

ということはだ、魔境の周辺の町では、肉が飽和しているのかもしれない。これは情報収集が必要ですね。

……そこで、肉串を売っているおっちゃんに聞き込みましたよ。

なんでも、毎日のように大量に肉を供給してくれる冒険者がいるんだとか。普通は戦ったあとに二、三日の休暇を取るんだが、彼らは毎日魔境に潜っているってことか。

でも、それだけじゃ肉の過剰供給の理由にはならない。と思ったら、彼らだけでなく、彼らに触発された他の冒険者も、肉を供給してくるようになったとのことだった。

さすがに深層に行く冒険者まではその波に呑まれなかったらしく、深層産の素材が市場に溢れることはないみたいだが、浅層域をうろつく冒険者の動きは活発化したらしい。

……エドヴィン兄たちはどうだろう。そろそろ魔境に挑戦してもいい頃合いだし、肉を供給する冒険者たちと切磋琢磨しているといいな。

味が気になったので、さっそくカエル肉とオーク肉の肉串も購入。

さあ、実食。まずカエル肉。

うん、このカエル肉は肉汁溢れる美味しい肉だ。脂身こそ少ないが、しっかりとした味わいで、塩だけでも十分に御馳走といえるだろう。

……前世の知識では鶏肉に似ているとのことだが、これを鶏肉と間違える奴がいるとは思えない味だ。

でも、それはこの世界の鶏肉は、卵を産まなくなった鶏をつぶしていて、基本的にパサついたものしかないからだ。干し肉にしたら気にならないんだけど、新鮮な肉もあまり美味くないんだよなあ。

そしてオーク肉。カエル肉と違い、しっかりと脂身のある肉だ。見ているだけで涎《よだれ》が口の中に広がるような感じがする。

味のほうも、繊維がしっかりしていて硬いと感じる部分もあるが、脂身の甘みがじゅわっと広がって、口の中が幸せという感情でいっぱいになる。これも美味い。

……しかし、カエル肉のお値段は小銀貨一枚。オーク肉のお値段は小銀貨三枚。これは、同じお祭り価格でも、二羽分で大銅貨五枚だった兎さんと比べて、かなりお高い。

でも、利益を出そうと思ったらこれくらいの値段になってしまうんだろうな。もしかして、家畜ではなく、魔境の肉だからかな。

……そんな感じで、肉串を味わっているが、酒は飲まない。村にいたときに固く誓ったからな。飲んだら飲まれる未来しか見えないんだよもう。

楽しそうに飲んでいる呑兵衛どもがそこらじゅうにいる。あの中のどれくらいが明日にはもう飲まないと誓うのだろうか。……誓っても二日もすれば忘れるんだよな、酒飲みってやつは。そんなもんなんだよ。

3

教会の鐘が鳴った。計一〇回、振られた星の数だけ鳴るのは、村でも町でも領都でも変わらない。そして二〇〇人くらいの子供たちが一斉に教会から飛び出してきた。

その声に耳を傾ける。鍛冶に振られたもの、料理に振られたもの、裁縫に振られたもの、何かの魔法使いに振られたもの。中には思った才能と違ったのか泣いている子供もいる。

……思っているだけじゃ駄目なんだよな。ちゃんと教会に行って祈らないと。そうしないと願いは届かないのだ。

ひときわ大きなどよめきが起こり、そちらの方に耳を傾けると、どうやら賢者に星が七つも振られた子供がいるらしい。

賢者、その才能については知っていることがある。錬金術ギルドにあった、才能についての考察本を読んだのだ。

賢者は、その中でも珍しい才能として挙げられていた。火魔法使い、水魔法使い、風魔法使い、土魔法使い、光魔法使い、闇魔法使い、魔術師の七つの才能を包含しているといわれており、確認された中では、その才能に振られる星は七つ以下は存在しないらしい。

要するに魔法、魔術ならなんでも使える才能ってことだな。継戦能力が高く、国や有力な貴族のおかかえ魔法使いになる場合が多いらしい。

まあ、それにはまず魔術師学校に行って、戦い方やらなんやらを学ばないと、素人魔法使いに毛が生えた程度にしかならんだろうからな。王都に行くのは決定だろう。そこからの進路は選びたい放題というやつだ。いい才能を引いたな。

……しかし、聖女に賢者と、セレロールス子爵領はいい才能持ちを輩出しているな。これで貴族家の当主が優秀ならよかったんだろうが、無能寄りらしいからな。賢者の才能を持つ子も、王都から戻ってくることはないんじゃないかな。

しかし、いろんな才能があるもんだな。

賢者や聖女以外にも、珍しいところだと、英雄や精霊使い、聖者に守護者、将軍に軍師、なんてのもあるみたいだ。これらは、少なくとも星六つ以上しか出ないといわれている。

特に精霊使いなんてチートといってもいいだろう。六属性すべての魔法が使えて、自分の魔力を使わないのは魔術師と同じだけど、魔術師のように準備する必要がないという点が有利だ。

魔境では、その地の属性に従った精霊がいるとされている。精霊使いなら、その地の精霊の力を借りて、準備なしに魔法が使い放題になる。魔境でなくても、精霊が存在しない場所のほうが少ないため、どこに行っても低燃費で魔法を打ちたい放題打てるとかいう壊れ性能。

デメリットもあるにはあって、精霊の機嫌が悪かったりすると魔法が使えないということなんだが、六属性すべての精霊の機嫌が悪い土地なぞほとんどない。

どこにいても、なにかしらの魔法が、特別な準備なしで使える……そんな壊れ性能の魔法使いなんぞ作るなよといいたい。

ちなみに、僕が持っている剣士と錬金術師は、星一つでも出ることがある。レア度的には低い。一〇人に一人は持っているくらいのノーマルな才能だ。

でも、星一つで錬金術師になる平民は、それなりにいる。錬金術師は儲かるってイメージがあるからな。入学金の中金貨五枚も、しっかりと採取してりゃ稼げる金額だし。

もう一方の剣士はというと、これも星一つ以上なら一〇人に一人くらいはいるんじゃないか？少なくとも魔境に行こうとするやつは剣士や槍使い、斧使いなんかの戦える系の才能を一つ以上は持っているだろう。お手軽な才能だ。

まあ、そんなお手軽な才能でも、僕は錬金術師になれるので嬉しい。が、他の人は、それしか道がないと嘆きたくもなる才能構成かもしれない。

さらにいうと、前世の僕がこんな才能がありそうだと言っている、勇者や魔王。これらは星一〇個すべてが一気に振られるのは確定だなとか勝手に思っているが、どうなんだろうか。まあ、前世の僕の知識があてになったことってほとんどないし、今回も外れるんだろうけど。

そんなわけで、新年祭も終わり、僕も無事十二歳になった。あとは錬金学術院のある王都に行くまでゆっくりとしていればいいだけだ。

……何事もないといいなあ。

第三十四話　特急馬車出発、錬金学術院の話、聖女マリー姉

1

春はまだまだ遠い、酷寒の日々ですが、いかがお過ごしでしょうか。

どうも、ヘルマンです。

季節としては、今が一番寒いですが、それでも今日は王都への出発の日なのです。

……早くね？　って思った方。とっても正常です。

開墾と種まきの時期に出発、って聞いていたからね。それなのに、ずいぶん早い出発になったものだと思ったよ。

ところが、確認してみると、向こうさんは、「開墾と種まきの時期には着いていてほしい」と言ったつもりだったんだとか。そして、御者にはちゃんとそのように伝えられていたんだって。

錬金術ギルドの人からは、連絡がうまくいかなかったみたいだと謝られた。

まあ、王都に行く馬車を逃さなかったから、別にいいんだけどね。

ところで、ここから王都までは五〇日くらい。今から行ったたって開墾と種まきの時期には間に合わないよ？　って思った方、大変正常でございます。

でもね、なんと、今回乗るのは特急馬車なんだ。

だから小金貨一枚の利用料だったんだね。

特急馬車っていうのは、錬金術ギルドが指名依頼で出している、ケンタウロス型のゴーレムが二頭立てで引く馬車で、一日に三つから四つの村を過ぎるらしい。停まるのは町だけで、だいたい十五日程度で王都に到着するらしい。

なんだよ、速い馬車あるんじゃん、そう思った。

ただ、この馬車は、今回みたいに教会や他のギルド、領主代行なんかを乗せるためのもので、平民だけのために出すことはほとんどないらしい。……いちおう、金さえ積めば出してくれるらしいが、相場は小魔銀貨以上。教会って寄付で運営されてたよね？　意外と金持ってんなって思ったよ。

たぶん、領主からいくらか出ているんだろうね。教会があるおかげで、自分の領内で才能が振られないなんて事態がなくなるんだから。この世界の教会の力は強い。

とにかく、そんな高級な馬車に、冒険者が相乗りしてもいいのか。これは真剣にそう思った。だけど、錬金術ギルドの受付さんが教会側に確認を取ったら、聖者様も聖女様も了承してくださいました、と言われたそうだ。

……この時点で、マリー姉が王都に向かうんだろうなと思ったよ。

マリー姉は今年で十三歳。十三歳といえば、前世の僕にとっては進学の時期だ。もちろんそれは関係ないことだろうけど、とはいえ、子供が本格的に勉強や修行に入る年齢は、こっちの世界でも変わらないのかもしれない。

もう一人の聖者ってのが誰かは知らない。けれど、たぶん彼もマリー姉と同い年なんじゃないかな。それにしても聖者と聖女が都合よく同じ年に生まれたもんだよ。たぶん神の差配なんだろうな。

いずれにしても、そりゃ特急馬車を出すことになるだろうなと納得した。

2

そんなわけで、朝早くに宿を引き払った。こんな寒い時期なんかに宿を引き払うなんて、正気の沙汰とはいえない。まあ今回は間が悪かった、そう思うしかないね。

現在は日の出前、町はまだ暗い。ゴーレム馬車の待つところへ向かう。

馬車の様子と停車場所は、昨日の夕方に確認していた。二頭立ての馬車なんて特急馬車以外にないからね、すぐに見つけられた。

一馬力なら村ごとに停まる。二頭なら村を飛ばしていく。……もっと速いのは速車便だ。速車便は一日に村を一〇は飛ばして進むからな。一度見たことがあるけど、足が八本ある馬のかたちをしたゴーレムが四頭立てで引く馬車が、道の真ん中をものすごい速さで走っていった。

……特急馬車も真ん中を通るんだろうか？　いや、道の真ん中を通るのは速車便だけだろうな。そうでなければ、二頭立ての馬車が一頭立ての馬車を抜くときだけ通るとか。でないと、行く先から速車便が来たとき、怖いことになってしまう。

速車便同士がかち合った場合はどうなるんだろう？　……御者が両方ともぶっ飛ぶんだろうか。まあ、大怪我を負っても、死んじゃってなけりゃ〝至高のポーション〟で回復するんだろうけど……そんなことはまずないだろうな。

それか、曲芸のように避けるのかもしれない。引いているのはゴーレムだし、馬よりコントロールが利くのかもしれない。

いずれにしても、事故が起こらないように決まりがあるんだろう。

……そんなことを考えているうちに、停車場所に着いた。

すでに御者さんはスタンバイしていた。早い。こっちももう少し早く来たほうがよかったか？

でも、あたりを見回しても、僕と御者さん以外誰もいない。教会勢よりは早かったようだ。

よかった。これは教会の人たち用の馬車だからな。遅れたら置いていかれる可能性もあったんだから、これで正解だったはずだ。

「おはようございます」

「おお、おはよう。早いな」

「遅れたら置いていかれる可能性があるのに、ゆっくりなんてしてられませんよ」

「それで正解だよ。教会の人たちが出せと言ったら、こっちは出さなきゃならんからな。まあ、今回のお客は聖者様に聖女様だ。そんな無体なことはしないと思うがな」

「その聖女様に心当たりがあるんですよねえ。性格が変わってなければ置いていくことはないとは思っているんですが」

「お？　聖女様と面識があるのか？」

「姉が聖女の才能をもらったんですよね。聖女って珍しい才能なんですよね？　だから、たぶん姉なんじゃないかと思っているわけです」

「なるほどな、姉弟だったわけか。……確か聖者様も聖女様も十三歳って話だったが、どうだ？」

「あー、ほぼ確実に姉ですね。僕が十二歳なので十三歳ならば姉で確定だと思います。……聖女様が他に何人いらっしゃるかは知りませんが」

「どうだろうな、聖者様も聖女様もそう何人もいるとは聞いてないからな。……そうか、そんなら、相乗りの冒険者が揉めごとを起こす心配をしなくてよさそうだ。いざとなれば降ろさなきゃいけないからな」

「揉めないようにしますよ。……御者さんは元貴族と聞いています。戦えるそうですが、鉄迎派ですか？」

「いや、造命派だな。なんだ少年、錬金術師に明るいのか？」

「錬金術師志望なんです。そのために王都に行くところです」

「なんだ、後輩か。鉄迎派に入るつもりなのか？」

「いえ、何派に入るかはまだ考えていないですね。とりあえずやりたいことを全部やってから考えようと思っていますので」

「たしかにな、入る前からどの派閥か決めてる奴なんて稀だからな。……だが基礎はしっかり、初めの三か月でやれるだけやっておくことだ。派閥に関係なく、すべての基礎の講義に出たほうがいい」

「それはなんでですか？」

「派閥の基礎になる授業の内容は、毎年だいたい同じなんだ。永明派は錬金釜作り、鉄迎派は戦闘訓練、造命派は魔杖の作成、黎明派は魔力操作、幻玄派は魔境や霊地の素材の扱い方、幽明派は魔布に錬金陣の刺繍……と、これをどこでも三か月は繰り返す。鉄迎派と黎明派と幻玄派へは何回か行ってみるといい。逆に、永明派と造命派と幽明派は、一回授業に出たあとは自分でどうにかするしかないから、何回も行く意味はないぞ。造命派では五日間かけて魔杖にするための木を育てるし、幽明派にいたっては二メートル四方の魔布に、自分の錬金陣を刺繍するだけだからな。もちろん、できるまでに時間は掛かるだろうが、基礎なら三か月もかからんだろう。いちばん時間がかかるのは幽明派の錬金陣だが、これは便利だから作っておいて損はない。……アンデッドを作らないなら絶対に必要とはいえないけどな」

「錬金釜と魔杖と錬金陣は作っておけって事ですね。わかりました。」

「錬金陣も、簡易刺繍のものに満足しないで、しっかりとしたものも作ったほうがいい。ちゃんとしたもののほうが、魔力操作が簡単なんだ。……俺は簡易刺繍のものしか持っていないけど。魔杖は、そうだな、三年目になったらもう一回作ったほうがいいぞ。一年目は基礎の基礎、適当な魔石で杖を作る練習をして、それでできるものだから、勉強して、魔石の合成を覚えてからのほうがもっと性能のいい魔杖を作れる」

「魔杖に使う魔石はどんなのがいいとかあるんですか？」

「そうだな。全属性の魔石を使うのがいちばんいいんだが、卒業するまで全属性の魔石は手に入らんだろう。まあ、卒業してからでも魔杖は作れるからな、焦らなくてもいいさ。……錬金術大辞典は見たか？　あれの精霊樹の苗木が魔杖の材料だ。あれを使って、――こんな感じの杖ができる。この俺の杖は、風属性と水属性を混ぜてある。王都の魔境と霊地に行って、三年の時に作り直したんだ」

「あ、あの何に使うかわからなかった精霊樹の苗木ってそう使うんですね。勉強になります」

「ほう、錬金術大辞典に目を通してるんだな、優秀優秀。何に使うか、いまはわからんものでも、錬金学術院に入れば使い方がわかってくる。……それでも、本当に使わないものもたくさん載っているがな」

「わかりました。授業の内容を先に知れたのはありがたいです。……まあ結局全部受けるつもりではいましたが、刺繍ですか……。なるべくちゃんとしたものも作っておきたいですね。刺繍やったことないですけど」

「ははは、錬金学術院に行く前に刺繍を練習する奴なんて、よほど幽明派に行きたい奴だけだろう。俺も刺繍なんて錬金学術院に入るまではやったことなかったよ。そのうえ飽きっぽかったからな。三か月みっちり刺繍だけなんて嫌だったから、鉄迎派の戦闘訓練に行きながら、放課後に寮で夜まで練習したさ」

「錬金学術院では一人部屋でしたか？」

「一人部屋だよ。あまりにも入学者が多かった場合、在校生が三万人を超えた場合には、入学の遅かった平民から二人部屋になる。毎年何人か二人部屋になるそうだから、早めに入学しておいたほうがいいみたいだよ。新年祭の次の日から入学を受けつけているよ。そうそう、入学したその日から三か月が基礎準備期間だからな……俺のオススメは黎明派の魔力操作だな。これができるようになると、錬金釜の作成や、魔布に錬金陣を映し出す作業が楽になる」

「なるほど、入学が早いほうが有利になるんですね。わかりました。……平民って、平民落ち予定の貴族にも当てはまりますか？」

「いや、まだ貴族として扱われるから、二人部屋になるのは生まれつきの平民だけだ。……まあ、そうならない年もあるみたいだから、結局は運次第だろうなあ」

「運ですか。まあ、初日に入学してしまえばたぶん一人部屋になりますよね？」

「まあねえ。受付初日に入学申し込みをする奴なんてほとんどいないしな。一人部屋だろうね」

「……まだ出発まで時間があるようですし、基礎の内容だけでも、もう少し詳しく教えてください」

「はは、いいよ。そうだな――」

3

その後も、先輩錬金術師から情報収集して、一時間くらい経ったころ。

ようやく教会組が現れました。ぞろぞろと四人連れで……その中には、やっぱりマリー姉がいた。

向こうも僕だってわかったみたいだな。……そりゃそうか。僕の髪の毛は目立つもんな。

……前世の僕からの情報だが、髪の毛の付け根と先っちょの色が違うのは珍しいらしい。毎日顔を洗うから、自分の髪の色は把握している。付け根が茶色で先に行くほど金色になっていくんだ。

……父さんが茶髪で母さんが金髪だから、まあわからんでもない。けど、マリー姉みたいに全部金髪のほうがわかりやすくてよかったなあ。

……ある意味僕の髪の色はわかりやすいんだろうけど、相手からしたら特定余裕よな。

「冒険者が一人同行すると聞いておりましたが、まさか弟とは……。人生というのは、神ならぬ身には予測がつかないものですね。ね、ヘルマン」

「こっちは、聖者様と聖女様が一緒って聞いて、こういうことだろうと思ってたよ。元気そうでよかったよ、マリー姉。そちらは聖者様だね。あとの人たちは？」

「二人は、私たちの侍従です」

「なるほどね。偉くなったね、マリー姉」

「立場だけですよ。王都で舐められないようにと言われておりますから。聖女と聖者とはいえ、出身地から田舎者と誹《そし》る輩もいるとのことですからね」

「前に会ったときよりも言葉遣いが洗練されてるし、大丈夫じゃないかな」

「どうかしらね……ところで、ヘルマンは錬金術師になるために王都に行くんでしょう？　小さい頃から頑張っていたのは知っていますが、途中で投げださないように気をつけなさいね」

「わかったよ。……確認しておきたいんだけど、戦闘になった場合、僕がいちばん初めに出て討伐するよ。でも、数が多かったり、強敵だった場合は応援をお願いするかもしれないから、姉さんたちがどの程度戦えるのか把握しておきたい。こちらの御者さんは平民落ちした貴族様だから戦えるのは把握している。聖者と聖女の才能があれば、メイスで戦えることも知っている。侍従さんたちはどうなのかな？」

「あら、さすがヘルマン、よく勉強してるわね。お察しのとおり、ミカエルと私はメイスで戦います。魔境でゴブリン退治をしたことがありますから、その程度の相手なら後れは取りません。侍従たちも、二人とも戦闘用の才能をいただいています。ゴブリン程度ならば大丈夫でしょう」

「わかった。ゴブリンが同時に五匹以上出た場合は、手伝ってもらうかもしれないよ。一度にかかってこなければ僕だけで問題ないとは思うけど、念のために。コボルトも同じでいいかな、戦ったことはないけど、ゴブリンとだいたい同じの強さだって聞いているから。オークは……連続でも三匹までが限界だと思う。……こっちも戦ったことはないけど、強さはゴブリン三匹と一度に戦うらいって聞いているから、それで大丈夫だと思う」

「わかりました。……ロマン、パトリシア、聞きましたね？　弟の様子を見て、適宜助太刀しましょう。同時に二カ所を攻められた場合には、ヘルマンが向かわなかった方に対処しましょう。よろしいですね」

「「はっ」」

なんだ、マリー姉、結構立派に聖女様やってるじゃん。……もう一人の聖者様のほうは一言もしゃべらなかったけど、わざわざ話に入ってきたりはしなかったことを考えると、これで納得してくれたんだろう。

……あとで知らんかったは許されないよ？

そんなわけで、御者一人、聖職者四人、冒険者一人が乗り込んで、特急馬車が走り出した。

だいたい十五日の旅路、襲撃回数は少なければ少ないほどいいよなあ。冒険者ギルドへの報告も面倒だし、何より教会勢を戦闘に参加させてよいものなのか。

いちおう確認はしたけど、本来はこっちで全処理するのが安牌だよな。

はてさて、どうなることやら。

第三十五話　強請の聖女マリー姉、教会の内部事情

1

特急馬車の中からこんにちは。

どうも、ヘルマンです。

特急馬車に乗りましてもう五日、何事もない旅路です。……初日はいろいろとあったんですがねえ。もう慣れたというか達観したというか。

マリー姉がちょーっとわがままを言いましてね。

初日はね、次の町まで一直線に進んでたんですよ。特急馬車は普通の馬車の三倍ほどの速度なんです。別に赤くはないですが。

そのせいか、馬車の揺れも三倍かそれ以上なわけで、お尻が痛くなってくるんです。赤くなるのはお尻なわけです。

それはマリー姉たちも同じで。教会関係者も、テントセットは冒険者と同じものを使っているみ

たいで、お尻の下に敷く寝袋も、当然、衝撃を吸収してくれるわけもない、薄いペラペラの、寝袋とは名ばかりの布袋。

……それなのに、僕の寝袋だけは、厚く膨らんでいました。

そう、僕は寝袋だけでなく、枕もお尻の下に敷いていた。

これを発見したマリー姉、当然のごとく、ずるいと言い出しました。

しかも、教会じこみのお上品な言葉遣いで、自分が今、どれだけの痛みに耐えているかやらなんやらと、つらつらと言い放ちまして。

枕の事は、すでに領都にまで知られていたようで、教会でも、一部の地位ある者たちはすでに使っているとのこと。これにはマリー姉も含まれていた。

だから、枕を持っているならお布団もあるはずだと気が付いて、自分の尻の下に敷くためにお布団を要求。

当然断れない僕はお布団を差し出し、それを四つ折りにしてお尻に敷いた女性組、中でもマリー姉はご満悦の様子。

……ところが、そこで終わらなかった。

聖者とその侍従の分として、当然のごとくもう一枚持っているだろうとお布団を要求してくるマリー姉。なぜばれた。

しょうがないので、残るもう一枚のお布団を出す僕。それ見たことかと勝ち誇るマリー姉。

どうやらマリー姉、僕が自分用のあったか布を持っていることに、村にいたときから気づいていて、そんな弟なら、予備のお布団も持っているだろうと読んだそうだ。

そんなわけで、聖者とその侍従の、申し訳なさそうでいて、同時に痛みから解放された安堵の表情を見ながら、枕に座っている僕は、ここに尻に枕とお布団事件が解決したと思っていた。

だが、その日の夜。

せっかくお布団があるのだから、馬車で使いたいと言い出したマリー姉。

そして、なぜかそこに参戦してきた聖者ミカエル。この時、僕は初めて聖者様のお声を聞かせていただいたと思います。

結局、お布団二枚と枕二つを、聖者と聖女に持っていかれ、僕は侍従たちと一緒に寒空の下、冒険者広場で寝泊まり。

宿でいいじゃんと思いながら就寝。あったか布だけは、当然の権利だから死守しました。これは本当に一枚しかないからね。

そのあったか布まで、寝袋が掛け布団だと寒いから寄越せと要求してきたマリー姉、鬼か。

でも、そこまでなんでもかんでも遠慮なく要求できるなら、王都でもうまいことやるだろうなあ。

まあ、そんなことがありましてね。現在も快適な馬車旅を続けているわけです。

2

そういえば、才能についてもあれこれ聞いたりしていた。

マリー姉が、聖女に八つの星を振られていたのは知っていて、他にはどんな才能に星を振られたのか気になっていたんだが、鍛冶に一つと裁縫に一つだそうだ。

裁縫は生きるかもしれないが、鍛冶は完全に死に才能だな。

でも、まあ、無駄な才能がないほうが稀なのだ。僕のように、祈ってもいない剣士に三つも振られたりする。その一方で、錬金術師には必要以上に星を振られたようなもんだ。錬金学術院の入学金が無料になるだけなら四つまででよかったんだから。

でも、僕は、錬金術師に振られた星は、すべて祈り倒して得たものと思っている。錬金術師にいくつ星が振られたかわかったとき、まるで北斗七星を見つけたときのように感動したのを覚えている。たとえ四つで十分だったとしても、七つ振られたことに僕は満足しているわけだ。

そうそう、ミカエルも、僕と同じく七つの星が聖者の才能に振られているようだ。他は聞いていないから知らない。

でも、僕と違って、彼は急に与えられた才能と地位に戸惑っているみたいだ。マリー姉ほど肝が据わってないんだな、まだまだ平民のつもりでいるんだろう。

……おそらくだが、教会内では、聖者や聖女は平民にとっての貴族と同じくらいの扱いなんだろう。王都で何年かお勤めをしたあとにまたセレロールス子爵領に戻ると、冒険者でいうところの騎士爵や魔導爵くらいの地位になるのかな。

しかも、そうしようと努力すれば、教会のトップ層にだって食いこんでいけるであろう才能だ。騎士爵や魔導爵のような一代かぎりではなく、王都の教会に陣取る地位にだって上っていけるほどの。

そんなものを、いち平民の、何も知らない男の子が、ポンと与えられたわけだ。戸惑うのも無理はない。

むしろ、マリー姉のように、なぜそれほどに堂々としていられるのかわからない人よりも、素直な反応だと思う。

……こういうのってやっぱり、女の人のほうが、肝が据わっているんだろうか。

残る聖職者組のうち、神父ロマンは槍使いの才能に星二つ、シスターパトリシアは剣士の才能に星一つを授かっているらしい。もちろん、二人とも聖職者に星三つと、なかなかに振られている。

それぞれの才能に星の数が多いことと、戦える才能持ちということから考えると、侍従って、結構地位が高いんじゃなかろうか。

貴族の侍従と平民との間に、身分の差がどれだけあるかといえば、ほぼない。だけど、王子、王女つきの侍従ともなれば、選ばれた貴族家からの推薦がなければ仕えることはできないだろう。

で、聖者聖女は、一般社会でいう後者と同じだと思うんだよなあ。

だとすれば、侍従といえどもエリート街道まっしぐらって感じがするんだよ。

……ただし、仕える相手が地位の向上に興味がなければ、左遷と一緒なんだろうけど。

そんな感じでいろいろ聞いていたのは、会話のない馬車旅が本当につまらないからだ。特に意味のない話でも、つらつらと話すことに大いに意味がある。というよりも意味のある話の方が少なかったりするわけで、ほんとうにいろいろ話をしましたよ。

特に食事の話。教会の食事はどのようなものなのか興味があったんだよね。……で、聞いてみたら、これが特に面白味のないものだった。

でも、マリー姉は、教会で卵が食べられたことを大いに喜んでいたな。ゆで卵を塩で食べるのが気に入ったそうだ。

他にも、季節の野菜やキノコ類を塩で炒めたものや焼いたもの、スープの具にしたものが話に出てきていた。マリー姉は喜んだみたいだけど、まあ、ありふれた物ばかりだね。教会には、高価な香辛料や魚系統が入ってきたりしていると思ったんだが、ないようだ。

セレロールス子爵領は、地下のあちこちに水脈があるんだけど、地上の川はというと、中央東寄りに北へ向かって流れているのが一本あるだけなんだよね。

川上にはラーラの沼地がある。上流に霊地があると、魚はいないのかな。ラーラの沼地には魚がいなかったんだよね。

3

ピー――――

おっと、この馬車旅で初めての襲撃だぞ。相手はなんだ？

「前方にコボルト三体！　少年、出番だぞ！」

「はい！　行ってきます！」

「ヘルマン、頑張って！」

マリー姉にも応援してもらいながら、馬車が止まってから降りて前方に走る。

敵も縦に連なってこっちに向かってくる。サクッと倒してしまいましょう。

お互いに近づいたところで、最初の一匹が飛びかかってくる。

それを横に跳んでかわしながら、レイピアを下から上に振るって首を飛ばす。まず一匹目を仕留めた。

四つ足で走ってきた二匹目のコボルトにレイピアを振り下ろし、首を落とす。これで二匹目も仕留めた。

その流れのまま、右足を前に開き、三匹目の右こめかみあたりを狙ってレイピアを突き出す。手応えを感じたところで、体重を乗せてぶつかるようにして刺し込み、これで三匹目も仕留めた。

戦闘終了。

コボルトからレイピアを引き抜き、血糊を払うべく一振り。あとでちゃんと布で拭くけど、落とせるだけ落としておきたいんだよね。布もタダじゃないんだから。

コボルトを『エクステンドスペース』にしまう。これであと片づけも終了。

馬車に戻って、レイピアの手入れだ。これを怠ると、血糊が固まって切れ味が鈍る。腕力と遠心力で叩き斬るような武器ではないから、切れ味の維持には気を配らないと。

欲を言えば水で洗いたい。しかしここは馬車の中、贅沢は言うまい。

「なかなかによい戦いっぷりだったぞ、少年！　鉄迎派でもやっていけるんじゃないか！」

「ありがとうございます！　才能に恵まれました！」

大きな声で話しているのは、こうじゃないと御者さんとの会話ができないからだ。

……馬車の走行音は、その中にいる場合、ある程度大きな声を出さないと、互いに聞こえないくらいにはうるさい。

「ヘルマンやるじゃない！　あっという間に三匹も！　剣士の星三つなんでしょ！　凄いじゃない！」

「ありがとう、マリー姉！」

「これなら全部任せてもよさそうね！」

「油断はだめだよ！　準備しておいてくれないと！」

とりあえず、コボルト相手ならどうってことないとわかったが、まだ、オークを相手にしたらどうなるかわかったもんじゃないしな。

それに、今回は縦列で向かってきたけど、同時に二方向から来られたら、さすがに僕だけじゃ対応できないからね。

第三十六話　やってきました王都です

1

特急馬車の中からこんにちは、たぶん二回目ですね。

どうも、ヘルマンです。

馬車旅も十日目を迎えておりまして、明日のお昼ごろには王都の北方神殿に到着する予定です。

……早くね？　そう思った方、正解です。

そうです。早いです。

予定ではもう少し襲撃があって、途中の村で一晩明かす事も予定に入っていたそうです。

そうならなかった原因は僕にもあったみたいです。

これまでに襲撃は都合十八回あって、そのすべてを僕一人が速攻で片づけていました。

結果、馬車を停める時間が短くなり、町から町への移動が予想以上に順調で、今のところ、最短の十一日で走破することになりそうだということです。

聖職者組だけならここまで早くはなかっただろうと言われてしまいました。

これもすべて才能のおかげですね。謙遜なしにそんな気持ちです。

そうそう、オークも出たんです。三匹まとめて。

さすがにこれは無理かもなー、応援が必要かもなーと思っていたんですが、ことのほかオークが鈍く、簡単に首を刎ねることができたので、すぐに終わってしまいました。

ゴブリン三匹分の力とはなんだったのか。敏捷性がまるでなかった。

オーク三匹よりもコボルト七匹の方が苦戦したと思います。マンゴーシュまで使わされましたからね、コボルトたちには。

爪を受け流すときに使ったくらいなんですが、レイピアの戦い方は基本、敵の攻撃を受け止めることはしない剣術ですからね。もし受けてしまうと後手に回りやすいんですよ。

まあ、それまでに五匹の首を刎ねていて、あとは流れ作業になっていたんですが。おかげでマリー姉からは首狩り剣士なんて呼ばれましたが、しょうがないじゃないですかね。

レイピアという武器の性質上、首を刎ねるか、頭か首か心臓を突くしかないんですから。首を刎ねるのが一番簡単なんです。突くと次の動作にひと手間掛かりますからね、抜くという動作が。

そんなわけで、まだ開墾と種まきには寒い時節に王都に着いてしまいそうなんですが、別に早いに越したことはないですし、いいんですがね。

それより、明日は、襲撃祭りになる可能性があるといわれている、王都までの道にさしかかる。

町から王都まで直進する道なんですが、魔境の真横を通ってるんです。これまで以上の襲撃があると予想されています。

まあ、仮にその区間を移動するのに時間がかかっても、夕方までには着くとの事なので、何も問題はないんですが。襲撃回数が増えると面倒なんですよね、単純作業がただ増えるだけなので。

……そんなんだから首狩り剣士なんて呼ばれてしまうんです。嫌ですよ、そんな呼び方が定着するのは。せめて錬金術師とわかる二つ名というか異名を付けてもらいたいですね。

しかし、今いるあたりも魔境の近くのはずなんだけど、襲撃はない。

これまでに襲撃の多かった二か所は、冬に活性化するタイプの魔境だったのだろう。

それに比べて、王都の魔境は、おそらく夏に活性化するタイプなんでしょう。でないとこのあたりにも生息域を外れた魔物が来ていてもおかしくないですからね。

いくら冒険者が多い王都であっても、魔境から出てくる魔物をすべて狩れるわけもなし、特に活性化する時期には夜に大量に出てしまう。

……まあ、冒険者のお小遣いになるだけなんですがね。

2

そんなわけで、普通に町に着いてしまった。

襲撃があると思ったそこのあなた。残念、襲撃はありませんでした。明日、十一日目にお預けですよ。

そして、夜の就寝時に必ず奪われる僕のお布団と枕。悲しいかな、聖者様さえも遠慮なく使ってくれてやがりますよ、こんちくしょうめ。

元はといえばマリー姉のせいなんだがな。

それでも、朝にはちゃんと目覚める。農民の朝は早い。

厳密にはまだ夜だが、まあ、朝だよね。日が出ていなくとも起きたんだから朝だ。

顔を洗う。水が冷たいね。

王都方面は南側だから少しは暖かいのかなとか思っていたが、ちっとも変わらないぞ。凍えるほどじゃないのが救いだけど、寒いには寒い。

で、朝飯に、干し肉入りの麦粥。これもさんざん食べてきたが、舌が高級な味を知らないせいか、飽きがこないんだよね。でも、これはこれでありがたいことかもね。もし飽きても、これしか食べるものがないんだから。

聖職者組も朝ご飯を食べている。こっちもたいがい朝が早いよね。

この世界の宗教事情については、星振りの儀くらいしか知識がないからさ、どういう神様なのかとかよく知らない。……いちおう文字を覚えるときに読んだ本から、多神教なのは知っている。でも、精霊信仰なんかもあるっぽいから、そこのところの棲み分けはよくわかっていない。

ただ、太陽神がいちばん偉い神様だってことは知ってる。才能を振るのも太陽神なんだそうだ。だから正午に鐘が鳴るし、その時間に才能が振られるんだって。

前世の僕が、創造神はいないのかなんて言っているが、いなくてもいいんじゃないのかな。みんなで少しずつ作ったのかもしれないし。そこんところは宗教家さんにお任せだ。

とりあえず太陽神偉い。太陽神ありがとう。僕はこれくらいで十分。

3

その太陽神に挨拶して、馬車の旅、十一日目がスタートですよ。

毎度のごとく、僕のお布団は聖職者組に占領されている。もう慣れたけどね、僕だけ枕を使っているのも心が痛いからこれでよかったのだ、うん。

さてさて何度襲撃されるんでしょうかね。このへんでも、一度は襲撃を受けたいと思っているんだよね。王都の魔境に何がいるのか確認したいし。最下層の魔物が出てくるはずだからね。まだ見ぬ新種か、はたまたいつものゴブリン、コボルトか。あまり強い魔物は来なくていいぞ。

ピー――――

おっと、馬車が走り始めて三〇分弱で早速襲撃が来ました。

「ゴブリン二匹、右前からだ！」

「行ってきます！」

最下層の魔物はゴブリンでしたか。慣れた相手だから余裕だな……とは思うものの、いちおうこれまでより強い個体もいるかもしれないから、油断はしない。

馬車が停まったところで飛び出し、右前方に向かって走る。

二匹が横並びか、一気に首を刎ねてしまおう。

二匹の間に入る。剣先が触れるだろう一歩手前で、左足を軸にして回転、向かって左側のゴブリンの首めがけて、下段から大きく弧を描くようにレイピアを振りぬく。

一匹目の首を刎ね、勢いそのままにさらに左に回転、二匹目の首も刎ねる。一振りで二つの首を刎ねたことになる。

戦闘終了。この魔境のゴブリンも他の所のゴブリンと大差ないな。

後片付けも終了。さっさと馬車に帰りましょう。

馬車に戻ってレイピアの手入れ。手入れは怠りませんとも、負けるのは嫌だからね。

再び走り出した馬車が、やがて開けた場所に出る。おお、湖だ。王都の水属性の魔境ってこれか。

……木が生えてないから見通しがいいなあ。こんなんでも魔境なんだよな。どのくらい広いのかわからんけど。

とりあえず、魔境が王都の北西にあることはわかった。錬金学術院在学中に何度もお世話になるだろう。

ピ――――

おやおや、先ほどから一〇分も経たずに襲撃だ。今度はなんだ？　ゴブリンか？

「ゴブリン二匹、前方だ！」

「了解しました！」

編成は先ほどと同じ、ただ、今度は二匹の間が広いな。……一振りじゃ無理か。

二匹の間を走り抜けざま、左側のゴブリンの首を刎ねる。これで一匹目。

もう一匹のゴブリンが、きびすを返してこちらに飛びかかってくる。

なんで飛びかかってくるかなあ。的になりたい系魔物ですか？　というよりも通り過ぎるなよって言いたい。まあ単純に頭が悪いだけなんだろうが。空中では回避行動が取れないというのに……。

飛びかかってくる勢いに合わせるようにレイピアを振りぬき、これで二匹目。

戦闘終了。

『エクステンドスペース』に死体を放り込んで、あと片づけも終了。さっさと馬車に戻りますよ。

もう、教会勢の方々は武器を手にすることなく、待ちの姿勢だ。ある程度の魔物であれば、僕だけで十分だと認識して、準備すらしてくれなくなってしまった。

まあ、二方向から攻められることもなかったし、任されていると思えば悪い気はしない。

聖者様なんて馬車の中でうとうとしてるからな。あんまり気を抜きすぎないように、侍従が起こしたりしているが。

聖者様は元農民ではないみたいだ。朝に弱い農民なぞいない。

4

そんなわけで、もう王都に着いてしまいました。

時刻はまだ午前中、運がよかったといえばいいのか、身構えた覚悟を返してくれといえばいいのか。

門が見えるところに検問所があった。

御者さんがいろいろと聞かれておりますが、なんてことない、普通の事をつらつらと聞かれているだけだ。どこから来たのかとか、訪問の目的はとか、そんな感じ。高圧的でもないし、いたって普通の検問です。

そりゃそうだよな。二頭立ての特急馬車に乗っているのは、それなりに地位がある人だもん。警戒はしても、高圧的にはならんでしょ。

前世の僕、物語の読みすぎですよ。彼らだって仕事なんですから、きっちりとこなすでしょうよ。

そして、王都の門をくぐってゴールイン。

ここが王都か。……石壁に囲まれてる以外は領都とそんなに変わらなくない？

もちろん、お城が見えるけどさ。……ていうか、けっこう遠くない？　王都の真ん中だよね、お城の場所ってさ。

え？　広すぎない？　あそこまでは普通の村の半分くらいの距離がありそうな雰囲気なんだけど。

王都に入って直ぐのところで馬車が止まる。

「少年はここまでだな。俺たちはこのまま王都北方教会に向かう。冒険者ギルドがそこにあるから、これまでの襲撃の報告をしてくるといい。錬金術ギルドは王都の南側だ」

「わかりました。……さあマリー姉、膨れてないでお布団を返してくださいな。あとちょっとだから我慢しなさい」

「わかっておりますよ。じゃあねヘルマン、楽しかったわ」

「今度こそ本当にお別れだと思うよ。じゃあねマリー姉」

聖職者組からお布団二枚を回収し、馬車を降りる。

……今いるのは王都の北門。ここに冒険者ギルドがあるってことは、もしかして、他の門のそばにも冒険者ギルドがあるのかな？　そうでないと、他の門からここに来ないといけなくなるから、面倒だもんな。

しかし、全部で八か所？　いや東西南北に四か所だけって線もあるな。……まあギルドで聞けばいいか。襲撃の報告もしないといけないし。

そんなわけで、いざ王都の冒険者ギルドへ。

第三十七話　広いわりに人口が少ない王都、大丈夫？

1

王都の冒険者ギルドからこんにちは。

どうも、ヘルマンです。

いやー、今、冒険者ギルドで王都の地図を見ているんだけど、でっかいわー。

ギルドの受付さんからの情報では、一〇〇万人都市らしいですよ。

いやデカすぎるだろう。何でそんなに広げた。

まあ錬金学術院に入学してくる奴らだけでも年間三万人くらいって話でしたし、一〇〇万人でも少ないのか？

貴族学校もあるだろ、あとは魔術師学校もあるって話だったし、そう考えると妥当なのかもしれないと思ってしまう僕がいるんだけど、まあ広すぎるよね。

そういえば、冒険者ギルドは東西南北の四か所にあるそうです。そんで、今いるここは北支部。

冒険者ギルドの総本山、本部は行政区の中にあるらしい。直接冒険者を相手にしない仕事がメインで、騎士爵、魔導爵を得た人たちが、引退後にお勤めのようです。お偉いさんの集まりですねえ。僕には縁のない場所ですね。

北門からすぐのところにある冒険者ギルド北支部から、南門にある冒険者ギルド南支部まで、歩いて約半日。朝に歩き始めたら、着くのは日が沈むころ。

マジかー、本当に村一つ分の距離だよ。これが王都か。

人の歩く速度をだいたい時速四キロとして、直径約五〇㎞の円形……あれ？　そこに住んでるのが一〇〇万人って考えると、広さのわりに人口はそう多くもないのか。

……いや待て、前世の僕に毒されてないか？　一〇〇万人だぞ？　多いよな。

地図上のほぼ中心あたりに、王城以外に貴族区とかいう、人口の割にやけに広い場所がある。でも、畑とかはほとんどないみたいだから、人口密度的には広いんじゃ……。

いや待て、貴族区を差し引くと、残りの面積は直径四〇㎞弱の円と同じくらいになるのか？　貴族区ってくらいだし、平民は住んでいないだろうし。

それに、自由市は居住区じゃないし、学校や学術院だってある。他にも人の住まない施設はたくさんあるし、道だって、貴族区以外のメイン道路は馬車五台分の幅があったんだ。

……それに、いちばんやばい可能性を思いついてしまったぞ。冒険者は住民にカウントしなかったよな。

魔境と霊地がある時点で、というか外壁前にたくさんの冒険者がテントを張っていたから、彼らを含めると間違いなく一〇〇万人を超えるはず。

……さらに思い出したことがあるぞ。人口は税金の入り、住民税の取り立て件数でカウントしていたはずだから、十二歳以下は計上されていない可能性がある。

ちょっと待って、王都には実際のところ何人が暮らしてるんだ？　たぶん誰も把握できていないんじゃないか？　さすがに子供の数までは把握していないはずだ。

それに教会の数。領都よりも広い敷地の教会が、貴族区の一教会をのぞいて、地図上に一、二、三、四、五、六、七、八……八つもある。それだけの教会が必要なほどには子供がいるってことだぞ。

領都にいた子供たちはおよそ二〇〇人。それと比べると、王都にいる子供の数は一〇倍以上と見積もったほうがいいだろう。

平民の子供が、一世代に一六〇〇〇人いると仮定しよう。人間の寿命をざっと平均して六十歳と考えると、一〇〇万人……あれ？　一〇〇万人で合ってる気がするな。

長寿種は子供の数も少ないし、子供の数も入れて一〇〇万人。だいたい合っているのでは？

さすがに冒険者の数は入れてないだろうけど、一〇〇万人都市で合ってる気がしてきたわ。

なーんだ、取り越し苦労か、はっはっは。

……いや人口じゃなくて、人口密度の話として考えてみろ。

一〇〇万人が生活するにしては、明らかに広すぎないか？　この広さならあと一〇倍くらいは住めそうな気がするんだが……。

もしかして王都って空き家だらけじゃないのか？

昔の人がここまで発展するだろうとの見込みで外壁を作って家を建てた。……結果、彼らが見込んでいたよりも人間が増えなかった。

……いや、増えはしたんだろう。それらの大半が冒険者として生きるようになり、用意された家に入らなかっただけで。

冒険者は、家に入ると無職扱いになる。そうなると高い税金を払わないといけなくなる。ならば、家に住まず、テント暮らしのほうを選択する。そうすると結婚なんてしなくなる。冒険者から子供は産まれない。となると町人は増えない。

……なんという負のスパイラル。

昔の人は王都がもっと大きくなると予想したんだろうな。そのために、しっかり税金を取ろうとして、無職からは税金を高く取るという税制にした。

ところが、無職の者が多くなりすぎた。彼らは高い税金を払いたくなくて、冒険者になる。結果、人口が増えなくなってしまった。

現状維持は出来るだろう。ただ、人口を増やしたいなら、無職からは税金を取らないか、軽くするなど、税制を変えるべきだ。

いくら魔境があるからって、冒険者全員が、ある程度以上稼げているわけじゃないんだぞ。

……何を考えているんだ。

僕は何の変哲もない錬金術師見習い未満の子供だ。

貴族でもなければ王族でもない。そもそも、まだ住んでもいないし、納税もしていない都市の行政に口出しする立場ではないはずだ。

足元をしっかりと見ろ。掬われそうになっていないか？

後ろを見ろ。迫ってきていないか？

……ふー。

落ち着け。

傲慢は敵、謙虚に生きよう、そう誓ったろう？

……よし、落ち着いた。

ただ、空き家が多いかだけ確認しておこう。

これでなかったら予想は大外れだ。

答え合わせだけはしておきたい。受付に行って確認だ。

「すみません。王都って空き家が多いですか？」

「あらよくわかったわね。ええそうよ。かなりの空き家があるわ。だから冒険者に依頼がたくさん来るのよ。住宅区の見回りって依頼がね。勝手に住み着いたりすると死罪になるからやっちゃだめよ」

「わかりました。ありがとうございます」

魔境周りの町は、冒険者でも税金はさほど高くない。……ただし、さすがに最下層でうろちょろしている冒険者が払えるほど安くもない。

ある程度戦える人は、ちゃんと家庭を持てているのだろう。……でも結婚年齢は上がってしまうよなあ。男性ならまだいい。だが女性の冒険者の場合、明らかに婚期を逃すだろうな。

……それ以前に文字の読み書きというハードルがあったか。

なんだろう、この世界の、この王国の仕組みは。人口を抑制したいのか？

これで戦争とか起きたら……大変なことになっちゃうだろう。

それとも、他の国も魔境の対処とかで忙しいのか？

まあ、戦争には冒険者も動員できるからいいのか。

いや、ポーションなんかがある世界だ、国内でどれだけの月光茸と満月茸を安定的に採取できるかで継戦能力に差が生まれてしまう。本来であれば改革必須だなこりゃ。

ま、そんな事は気にしない。傲慢になってしまうわけにはいかんでしょ。

政治は貴族様の仕事。僕が内政に口出しをする必要はなし。というか、貴族に伝手がないからできないってのが正しいな。

自分の領分を弁えましょう。

……ジュディさんのところの貴族様がいい人なら聞き入れてくれただろうか？

まあ、もしもを語っても意味がない。

それよりも現実の話をしよう。

まずは錬金術ギルドに行くことなんだが、現在時刻は正午を少し過ぎたところ、今から行ったところで夜になるだけだ。……移動に半日費やすのってマジで無駄な気がする。

が、そんなこと言ってもそういう作りになってしまっているんだから、しょうがないか。とりあえず、宿屋を探そう。

……北門から南に歩いて一時間くらい、ようやく個室の宿屋を発見いたしました。

それまで、三軒の宿屋を見つけ、その三軒がすべて大部屋だったときはさすがにイラッとしたけど、四軒目で当たりを引きました。一泊食事付きで中銀貨三枚。……まあ、こんなもんか。オーク一匹分でお釣りがくると考えればまあ妥当な範囲でしょ、魔境のそばだし、個室だし。

で、その食事にオーク肉が出てきたから、このへんにオークがいるのはわかった。干し肉じゃなかったから、確定でいるんじゃないかな。

2

朝から南に向かって歩いております。

まっすぐな道をこのまま進むと、どうやら貴族区にぶち当たるらしい。

昨日見た地図によると、貴族区は道が入り組んでいて、おそらく王都が攻められた場合の最終防衛ラインと考えられているんだと思う。王城の手前に当たる貴族区もまっすぐな道だと、そのままお城まで一直線だからね。

だから、貴族区の道は、入り組んでいるだけでなく、道幅も狭くしてあるはずだ。……貴族たちがこぞって屋敷を広げたせいでそうなった、なんてオチではないといいなあ。かっこいい建前が欲しいところです。

まあ、貴族区といっても、外周に屋敷を構えているのはほとんどが下級貴族、子爵や男爵ですね。しかも領地なしの。

領地があるほうが貴族年金の支給額は低いと聞くけど、領地から入ってくる税金とどっちが多いのか。そんなに変わらない気がするんだ。

貴族なんてものは金食い虫なわけで、入ってきた年金もすぐに出ていくんだろうけど。

まあ、経済活性のために使ってくださいね。貯めこんでも無駄なだけなので。

……そんなことを考えていると、貴族区の北側までやって来た。向かって左手、つまり貴族区の東側には、北北東に自由市、東北東に行政区、東南東にもう一つ自由市、そして南南東に錬金学術院がある。

錬金学術院は南大通りと接していて、そこを西側に進めば、自由市との境目くらいに錬金術ギルドがある。

移動で半日を費やす都市を、いいか悪いかでいったら悪いの一言なんだけどさ。仕方ないよね、魔境と霊地の間を丸ごと王都にしちゃったんだから。昔の人たちはこの国の発展を夢見たんだろう。

3

そんなわけで、正午過ぎ。ようやく錬金学術院が見えてきた。

……四角い建物がいっぱいある。これは錬金術師が効率より見栄えを優先することがないからだろう。

行きつくところまで行っちゃってる人たちの集まりだっていわれてたし、「このほうが広くとれていいよね」でズゴゴゴゴ……と、あの建物もこの建物も四角くしていった説に一票を投じたい。

地上にはそれほど高い建物は見当たらない。地下室なんかはあるんじゃないかな。……勝手なイメージだけど、幽明派が地下に籠ってそうな感じがする。アンデッドを使う派閥だもんね。太陽から逃げてもしかたないと思うんだ。

……寮も全部地上だと思わないほうがいいよね。たぶん、平民出身者は地下にある部屋に住むことになるんじゃない？

近づいてみる。……あー、前世と比較しちゃってたわ。錬金学術院の建物、この世界の基準だと

十分大きいわ。

どれもだいたい地上七階建て、地下があるとして、どれくらいの深さかは見当もつきません。地下は無限大だよ、とか言いながら掘り進めてたりして。岩盤ぶち抜いて地下水があふれ出たところまで、過去の情景が浮かんだように思うが、気のせいだろう。

このへんも地下水脈が多いっぽいんだよね。川が流れていないところを見るとね。

……水属性の魔境、ウーゼ塩湖って名前のとおり、あそこは塩湖みたいなんですよ。ちなみに霊地はベックの林。

水と塩が取れるところには町ができやすいと前世の僕が言っている。まあ、両方とも生活には必須だからね。

塩湖からは水も取れるが、もちろんそれは塩分濃度の高い水だ。生活用水として使うなら地下水のほうが手軽なはず。

そういえば、錬金術大辞典に、塩水から塩を取り出す錬金アイテムがあったから、たぶんそれを使って塩を得てるんだと思います。名前は塩水分離機、わかりやすいネーミングですね。

……錬金学術院を眺め、来年ここに来るんだなあと思いながら歩くこと一時間強、ようやく南のメイン道路までやってきた。

そこからさらに一時間くらい歩いて、錬金術ギルドを発見した時には、もうすぐ夕方といった時刻。

本当に半日歩かないといけないのかよ。大変すぎるでしょ、王都で生活するの。

錬金術ギルドには行かず、近くに宿を探す。

お、あった。

入ってみると、ここも個室宿で食事付きだったので一発採用。一泊食事なしで中銀貨二枚。

……あてがわれた部屋の感じからして、昨日泊まった宿とは、食事のありなしくらいしか変わりないんだが、中銀貨一枚分安い。

同じ王都内でも、北側の宿のお値段なんて、こっち側の人は把握していないんだろうからばらつきがあるのもしかたないだろう。

明日は錬金術ギルドに行って、霊地と魔境について調べてから、ベックの林に採取に行く感じかな。

第三十八話　魔境の魔物は？　ベックの林に到着

1

錬金術ギルドからこんにちは。

どうも、ヘルマンです。

ただいま、ベックの林とウーゼ塩湖の採取物や魔物について勉強中でございます。

まず結論から。ベックの林はキノコと草。ウーゼ塩湖はキノコと草と苔と水晶。こんな感じだ。

魔物については、八種が確認されているようだ。

まず最初にゴブリン。これは道中でも戦ったからまあわかるよね。雑魚の代名詞。

次はオーク。こいつも雑魚。でも美味しいお肉が取れる美味しい魔物。冒険者ギルドの買い取り価格はゴブリンの五〇倍。ゴブリンマジ雑魚すぎ。

それからガミラクラブ、カニさんです。だいたい一メートルらしいです。脚が美味しいらしい。

前世の僕が味噌は駄目なのかとうるさいが、駄目なんじゃないかな。

コッコドリッロはワニさんですね。頭から尻尾の先までがだいたい三メートルらしいです。胃袋の中に竜丹っていう素材があって、それが水属性を帯びているらしい。

ちなみに胃袋も水属性を帯びている。高価なのはたぶん竜丹のほう。肉は美味しくないそうです。

カーバンクルは大きいリスさん。全長は五〇センチから二メートルくらいと、幅があるみたい。臆病な性格なのか、人間を見つけると、逃げだしてしまうことが多いらしい。

額には水属性を帯びた宝石が埋まっており、それが高く売れるそうです。ただし、体の大きさが宝石の大きさではなく、宝石の色もさまざまで、買い取りがややこしそうな魔物だ。食べられるとは書いていないので、美味しくないのでしょう。

ケルピー、馬とイルカのミックスですね。上半身が馬、下半身がイルカらしいです。前世の僕がイメージと違うと言っているが、こっちの世界ではこれがケルピーです。文句は名前を決めた人に言ってやってください。

全長はだいたい五メートルで、心臓のすぐ横に、水属性を帯びた水晶があるらしいです。ちなみに、これも食べられるかは書いてないので美味しくないんじゃないかな。

ミズチは蛇竜。全長が一〇メートルを超える個体しか確認されていないそうです。鱗が水属性を帯びている以外に、体内にウォーターサファイアがあるそうですね。絶対に高い奴ですね。素材としても宝石としても価値が高そう。

ちなみにこいつを少人数で倒すことができれば騎士爵、魔導爵がもらえるみたいです。貴族になりたい人は頑張って討伐しましょう。レイドでは駄目らしいです。あくまでも少人数。たぶん五人くらいまでじゃあないですかね。

最後はスティナラニア、水晶蛇竜ですね。こちらも全長一〇メートル以上の個体しか確認されていないみたいです。鱗が水晶でできていて、強い水属性を帯びているみたいです。

それに、こちらも体内にソーサリーアメジストという宝石を持っているらしいです。名前から推察するにソーサリー、魔法使いか魔術師に関連する錬金アイテムが作れそうですね。錬金術大辞典にはレシピが載ってないので知っている人が少なそうです。もしかしたら秘伝だったり、失伝してしまったのかもしれませんね。

そうそう、こちらも少人数で討伐すると騎士爵、魔導爵がもらえるらしいです。さらに、最終ページの物は高いと相場が決まっています。ソーサリーアメジスト、取り引きには大魔金貨が必要なんでしょうね。

ちなみに、ミズチもスティナラニアも、レイドであれば年に数回は倒しているようです。

錬金術ギルドの資料では、主に鉄迎派の方々が討伐しているようで、だいたい一〇〇人規模の討伐隊が、貴族様の呼びかけで集められるとのこと。これには、少なくとも戦える才能に星が三つ以上振られていれば参加できるようです。

とはいえ、パーティーでの討伐は、ミズチのほうは最低でも星六つ、スティナラニアのほうは最低でも星七つが推奨らしいです。慣れている人たちなら死人は出ないのでしょうけど、やめておいたほうがよさそうですね。……狭き門ですね、騎士爵も魔導爵も。

まあ、錬金学術院では、パーティーを組んで、ゴブリン、オーク、ガミラクラブを倒せればよし、コッコドリッロ、カーバンクルを倒せてなおよし、ケルピーを狩れて十分、ということみたいです。ミズチ、スティナラニアを倒せたら、職業を間違えているという評価だとか。

これは錬金術ギルドの受付さんから聞いた話なので、間違いないでしょう。

たしかに、ミズチとスティナラニアを倒せる時点で、錬金術師よりも星が振られている才能があるはずですからね。

というより難易度が一気に上がりすぎなんですよね。もう少し順番に強くなって欲しいものです。

ひとまずはケルピーを倒すのを目標としましょうかね。

というのも、ここまで乗せてくれた御者さんが持っていた魔杖、あれに使われた魔石は、ケルピーの水属性の水晶と、ベックの林で採取できる風属性の竜巻草を使ったものだったみたいだからです。

御者さんは剣士に星が二つ振られていると言っていたので、星三つの僕なら、慢心しなければいけると思います。

……ただ、レイピアでは厳しいでしょうね。大きさ的に、首を落とすならブロードソードのほうがよさそうです。ブロードソードの練習もしておきましょう。

2

さて、錬金術ギルドでの情報収集はこれくらいでいいでしょう。

入学に際して買っておいたらいいと錬金術ギルドの受付さんに教えてもらったので、ポーション瓶製造機を中金貨三枚で購入。

魔力一〇〇％で、なぜかコルクで蓋までできるという不思議仕様。どうやったらこんなものができるんだろう。

錬金術大辞典にも載っていないんだよね。載っててもいいと思うんだけど、もしかして魔道具士が作っているんだろうかね。

魔道具と錬金アイテムはほとんど同じだ。ただ、魔道具士が作るか錬金術師が作るかの違い。なぜか同じものを作れる場合とそうじゃない場合という不思議なこともあるらしいんだよ。

魔道具士は魔術師ギルドの管轄なので、魔導具が欲しいなら、素材を渡して作ってもらうっていう受注生産らしい。

ポーション瓶製造機のストックはまだたくさんあるらしいが、入学時期の前後には足りなくなることもあるそうだ。

まあ、来年の入学のために買うなんて物好きはなかなかいないとの事だったが。

……そうなんだよなあ。まだ入学前なんだよ。特急馬車のせいで思った以上に早く着いたからなあ。

そうだ、ベックの林に行っておこうね。風属性の素材はセレロールス子爵領の霊地を回っただけでは、あまり高いものはなかったし、ちょうどいい。

……そんなわけで半日かけて東門にたどり着く。

門番の兵士さんに冒険者証を見せて、王都の外に出ると、外壁前にはたくさんのテント群。

ああ懐かしいね、この感じ。三か月くらい前だもんね、レールの林にいたのも。

まあ、あそこまでの密度ではないけれど。

広い広い王都、外壁前も広々と使えるから、火事なんて起こらないと思うんだけど……壁の一部が黒ずんでいるところを見ると、火事もあるんだろうなあ。

そうか、井戸がないから延焼するに任せるしかないのかな。……井戸がない？　どこで水を確保するんだよ。

絶対にあるはずだよね、井戸。

……ああ、あったあった。冒険者に囲まれていて見えなかったよ。

ないはずないもんな、井戸。ないと生活できないし。

しかし、ちょっと井戸周りに集まりすぎじゃないか？　火事の対策が甘すぎるよ。

僕は外周よりテント一つ分外に陣取ろう。自分さえ燃えなければ関係ないからね。

他の人は燃えてもいいって意味じゃないよ？　テントの布が燃えてもいいって意味だからね。傲慢さんはご退場くださいよ。

さて、テントを立てまして、井戸に水を汲みに行く。

ここにいる人たちは大部屋も使えなかった可哀そうな人たちなんだよね。

採取する時期にしてもかなり早いし、雪は降っていなくとも冬だもん、寒いのは変わらない。

僕も、ほんとうは宿屋で春まで待てばいいんだろうけど、こんな中途半端な時期に宿なんて取りたくないもんね。通しで借りるのも結構高いからさ。

魔境の物価だからか、思ってた以上に値が張るんだよ。

お金に余裕はあるのに変なところで貧乏性なのがいけないんだと思うけど、こればかりは性分なんだ。どうにもならないと思います。

さてさて、明日からの採取のために、今日は早めに寝ますかね。この霊地は別に昼夜逆転させなくてもいいし、夜寝られるのは楽でいい。あったか布を首に巻いておやすみなさい。

第三十九話　ここの冒険者は草刈り冒険者、ギルドで素材の確認

1

久しぶりに、テント群の中からおはようございます。

まだまだ冬場が続きますよ。どうも、ヘルマンです。

今は朝食を食べているところ。まだまだ寒いこの時節、本来は宿屋でゆっくりとしていたいものですが、運と機会の巡りというもので、王都に来てしまっているからね。採取をしましょうということで、この広場に来ているわけですよ。

……この広場の名前はなんだろうね。

教会前広場ではない。教会がないんだもの。

冒険者広場、これでいいのかな。使っているのは冒険者だし。

いや冒険者以外もたくさん使うな。特に錬金学術院の生徒たち。貴族学校の生徒たちも使うだろう。魔術師学校の生徒は使わないかな。どちらかといえば魔境に行きそうだ。

うーん、王都門前広場、こんな感じかな。それも、王都の東にあるから、王都東門前広場。これでいいだろう。

正式名称があればそっちを使うとして、しばらくは王都東門前広場ということで。

とりあえず食事をしていたんだが、周りを見ていると、早々に食事を終わらせて門をくぐる者と、ゆっくりと食事をしている者の二種類がいる。

前者は冒険者ギルドに依頼を取りに行っていて、後者は霊地で採取をするんだろう。

王都だし、その分、文字の読み書きを覚えている冒険者も多くいるだろうし、少し奥に行かないと素材が採れないかもしれないな。

初めての霊地だけど、浅瀬は捨てて奥に行こうか。

ベックの林は、外から見る分には、ヨルクの林やレールの林のように、木が密集してはいない。見上げると空が見えるくらいの密度だ。

これくらいの密度なら奥に入る冒険者も多そうだ。どれくらい中に入らないといけないかな、一時間くらい入れば十分かな。

まあ、周りの冒険者を見ながら採取すればいいかな。

これから行うのは、基本的には草の採取だから、見分けが面倒なんだよね。

前世では、草は基本的に緑色なんだが、この世界の草は奇抜な色をしているものが多い。葉と茎と花がすべて違う色だって事もザラにある。

そうだな、例えばこの吹越草、葉の色が赤で、茎の色が緑、花の色が白だ。他の特徴としては、背が高く、葉が細いといったところかな。

……こんな感じなので、正直、解説だけを頼りに見分けるのはむずかしい。図鑑の絵を見ながら、頭の中で色を補完して、現物を見て覚える。そういう作業を必要とするから、草の採取は非常にめんどくさい。

キノコは簡単なんだよね。形が特徴的だから。草の場合は、素材にならない草もたくさん交じっている。しかも、そうした草も非常にカラフルな見た目をしている。

あ、霊地だけだよ。ほとんどの草がこんな奇抜な色をしてるのは。普通の草原は、だいたいが緑色の草だらけだ。

緑の草の海に赤い葉を見つけるんなら楽なんだけどなあ。

ここの霊地も外れの部類だな。……魔境にカーバンクルとかいうボーナス魔物がいるから差し引きトントンといったところかな。

でも、ここにいる人たちは、魔境に行くだけの才能がなかったか、才能があっても努力をしないのかな。

……いや、ここで雑魚素材を採取するくらいなら、ゴブリン退治のほうが儲かるだろうから、ゴブリンを相手にすることすら危うい人たちなのかな。

あとは、ちゃんと保存瓶の存在を知っている冒険者か。戦闘がからっきしでも、採取物をちゃんと保存できる冒険者は、ある程度のお金を持つことができる。

……でも、そういう人たちは、この時期こんなところにはいないよな。今は宿籠りの時期だろうから。

ここにいる人たちは皆、怠惰に呑まれそうな人たちだろう。僕みたいな物好き以外はね。

2

そんなこんなで、比較的入り口付近で採取している。林に入って一〇分くらい進んだところかな。

……この辺りでもう他の冒険者は来なくなるんだ。まさかとは思うんだけど、草刈りでもやっているんじゃなかろうか。

王都の錬金術ギルドも大変だな。雑草まみれの中からいくらかでも素材を査定しないといけないんだから。

……聞いた話によると、色が奇抜なだけの草でも、若干ではあるが魔力を持っているらしく、雑草群から魔石を作ることは可能だそうだ。……可能だが、効率が悪すぎるんだよとジュディさんから教えてもらった。

苦学生だったジュディさんは、最初は錬金術ギルドで魔石を作るアルバイトをやっていたってことだったが、それは時給ではなく成果給なのだ。何個の魔石を作ったかでお給料が払われる。

だから、ある程度魔力操作が習熟したら、上級ポーション作りに移行するらしいが、初めは魔石を作るアルバイトのほうが、失敗しても素材を無駄にしないから効率がいいらしい。成功すればするほどお金になるし、魔石は数少ないまとめて錬金できる物なのだ。

錬金陣を刺繍した魔布に大量の素材を置き、魔力操作で魔石にしていくのだが、雑魚素材からできる魔石は最低品質にしかならないらしい。というより、素材同士を混ぜないと作れないほどの魔力しか持たない魔石は、どうしても最低品質になるのだ。

値段が高い素材は、それ一つだけで魔石にできる。高ければ高いほど品質のいい魔石になる。

……いい品質の魔石になる素材は値段が高いのだ、といったほうが正しいかな。

そして、もし品質のいい魔石同士を混ぜようとするなら、同じ属性同士を混ぜてはいけない。そうしてしまうと、できあがる魔石の品質が低いほうの素材の品質に近づいてしまうっていうんだから不思議なもんだ。だから、できるだけ高い魔力を持つ素材が重要なわけだけど。

とりあえず、魔杖に使う魔石を品質のよい全属性にするのが目標の一つかな。そうしておくと、錬金術を使うときの魔力操作に補正がかかるそうだ。

具体的な話をすると、その補正によって、魔力回復ポーションの回復量が上がる。魔力茸一〇本と同じ素材を使っても、星の数や魔力操作の得意不得意で回復量が変わってしまう魔力回復ポーション、なんでそんな仕様になってるんだろうね？　固定品質の物が作れなかったんだろうけど。

さらに、そうして魔石の作成をしていると、魔力操作の訓練になる。

王都にはこんなにも雑魚素材を納品してくれる草刈り係がいるのだ。素材が足りなくなることなんてまずない。

そういう素材を買って、掛ける費用を少なくし、やればやるほど魔力操作が上手くなる。できた魔石を売れば、少ないがお金ももらえるわけだ。錬金学術院の生徒のアルバイトにはもってこいだろう。

もちろん僕も参加するつもりだ。お金のためというよりも魔力操作の特訓としてだけど。

……それにはまず、錬金陣の刺繍を早めに終わらせないといけない。錬金釜でもできるようだが、たくさんの素材を盛れる錬金陣のほうが魔石作りには向いているとのことだ。液体を錬成するなら、使うのは錬金釜一択なんだろうけど。

それにしても、錬金陣の刺繍なあ。

ちゃんとした刺繍の物も作る予定なんだ。だから一年生のうちに幽明派の授業を二回受ける。そして魔布と糸も二セットもらうつもりなのだ。

それでも、糸はたぶん途中で足りなくなる。が、錬金術大辞典には刺繍糸のこともちゃんと載っていた。

……何のために使うんだろうかとは思っていたんだ。刺繍なら普通の糸でいいじゃないかと。まさか錬金陣を自分で刺繍しないといけないとは。

ちゃんとしたほうは一年くらいかけてゆっくり刺繍するつもりだ。夜の時間を刺繍の時間にあてよう。

しかし、そうなると、ちゃんとした錬金陣を使えるのはいつごろになるだろうか。……錬金学術院にいる間に刺し終われればいいな。

あと、この世界には刺繍枠なんてものはない。糸の引っ張り具合も慣れないと大変だぞ。

寮に石の机があるらしいからそれを重しにしながら刺繍だろうな。

布を張った状態じゃないと、刺繍なんて無理だと前世の僕が言っている。……本当かな。

まあ、刺繍なんて、前世の僕もしたことはないそうなんだけど、知識だけは持っているとのことだ。

3

で、魔石の話よ。さいわいにも僕は素材をたくさん持っている。三年生になったら全属性の魔杖を作ろうと考えているわけだ。

光と闇の属性は満月茸がいちばんいいだろう。一本で二属性になるのか一属性ずつ作らないといけないのかは、授業を受ければ教えてもらえるだろう。

水属性の魔石はケルピーの水属性の水晶を使う予定なので、今後、頑張って倒しましょう。

風属性の魔石は竜巻草から作る。これは今日すでに採取していたのでクリアだ。

土属性の魔石は王土通草の実を使う予定だ。この素材が土属性で一番高かったからね。

火属性の魔石は狐藁火苔を使う予定です。苔は一瓶くらいが使いどころさんなのかな。

……苔のほうが、品質がよくなったりするんだろうか。量が増えるもんね。だから苔は高いのかもな。

となると、この中で、ケルピーだけがひとりではどうしようもない。パーティーを組んで討伐するしかないから、一緒に戦ってくれる他の錬金術師を探そう。鉄迎派の訓練に来ている人たちがいいかな。

二年生のうちに倒してしまいたいところよね。頑張ろう。

……なんてことを考えながらだったせいか、採取は順調に行きませんで、草の見分けに四苦八苦している感じです。

いちばん高い竜巻草を見分けるのは、けっこう簡単なんだよな。草の色なんかは特徴がないんだが、名前のとおり、葉っぱが巻いているんだよ、竜巻のように。だから、ああこれか、とすぐにわかった。

他の草は、色か、背が高いとか低いとかくらいしか特徴がない。花の形は……むずかしいんだなこれが。

ああ、何度も繰り返すけど、他の草が緑一色だったらどれほど楽だったか。

……まあ、霊地あるあるなのでしょうがないよね。

そうして、夜になって、テントに帰ってきましたよ。

まあ、初日はこんなもんでしょう。まずまずの成果だと思います。

慣れればこの倍は採れると思うけど、今はまだね。

一度、錬金術ギルドで答え合わせをしたほうがいいかもしれないな。

……そうしようか。テントはこのまま置いておいて、明日、錬金術ギルドに行こう。

向こうで一泊して、こっちに帰ってきてと、二日かかるんだもんなあ。……走ったらギリギリ日帰り可能か？

……明日は早起きして、日帰りできるよう頑張ってみよう。

4

ササッと晩ご飯を食べて、明日に備えて早く眠り……朝、とはいうがだいぶ早い時刻に目覚めた。

でも、冒険者ギルドに張りつく人たちはこのくらいには起きている。

君たち文字も読めないのにね。その情熱を少しだけ文字の読み書きに使っていれば……。

まあ僕は違うので、ゆっくり朝ご飯を食べたあと、東門で簡単な検問を受けて、さあ錬金術ギルドに向かってダッシュ……は最初だけ、あとはジョギングくらいの速さをキープ。

錬金術ギルドに行って帰ってくるだけで半日かかるって、やっぱりこの王都、無駄に広すぎるんだと思うんだ。

正午少し前。錬金術ギルドに到着した。

この分なら帰りもなんとかなりそうだな。だいぶ疲れたが。

さてさて、答え合わせだ。……間違っていないことを祈ろう。

「すみませーん。素材の答え合わせをお願いします」

「答え合わせ？　なんですかそれ？」

「ベックの林の本に載っている素材と同じかの確認をお願いします」

「ああ、照合の事ね。いいわ、簡単だから」

「じゃあ一瓶ずつ出していきますね」

そんな感じで九瓶出す。

他のところで採れた素材は間違えないが、いちおうね。

魔力茸は例外よ。あれは間違えられない。錬金術師を目指す者として。

「はい、――――はい。確認しました。大丈夫です、素材も保存方法もばっちりです」

「よかったです。この調子で採取しようと思います」

「あなたは来年入学予定だって言っていたものね。幻玄派の授業でも採取をするけど、楽ができそうね。先に頑張っておくのはよいことよ。しっかりと素材を集めなさいね」

「はい、ありがとうございました」

そして、とんぼ返りである。さあさあ、またマラソンの時間ですよ。さっさと走る走る。

……夕方ぎりぎり、東門のところまで帰ってきました。

なんとか日帰りできることがわかったが、足がパンパンだ。もうやりたくないぜ。

門のところで、兵士さんの検問を受け、テントへ。すぐにご飯を食べて、また明日から採取の日々ですよ。

さあ、答え合わせも済んだことですし、がんがん採取をしていきましょうね。

第四十話　よく燃えるベックの林

1

夏真っ盛りの時節、朝から太陽さんが張り切っている。まあ暑いよね。

どうも、ヘルマンです。

王都はセレロールス子爵領よりも暑い。ってことは、このあたりはこの惑星の北半球に位置するのかな?

まあ、この大地が球体とはまだ判明していないし、球体だとしても赤道上に大陸がある可能性もあるからどうなのかはわからんけどね。

……こういうのって前世の知識だからなあ。この世界に当てはまるのかはわからんのですよ。

でも、地平線とか水平線が見えるんだから、丸いとは思うんだけど。

ところで、今、王都東門前広場の南側にいるんですが、だんだんと人が溢れてきております。

冬の間はここがテント群のいちばん外側だったんだけど、もう中心になっているんじゃない?

そんくらいには人が増えた。

増えすぎだろ。もうちょっとどうにかなりませんか。二つ目の井戸を作るとかさ。

なんでこんなに空間があるのにすし詰めにならないといけないんだよ。

お前らそこは通路だろ、テントを張るんじゃねーよ。

まあさ、こういう自分さえよければオッケーみたいな奴が多すぎるんだけど、まあこれもどこでも一緒か。

隙間を見つけるとそこにテントを張る奴。大変迷惑です。大人しく外側に回れ。

テントの布の端を踏みながら井戸に向かわないといけなくなった僕の苦労も考えてくれないか？

いや、僕以外の人にも謝ってくれ。お前らもう少し頭を使ってくれよ。

だから、北側みたいな事になるんだ。


「火事だー」

「魔術師ギルドに報告に行け！」

「お前がまず行けよくそ野郎！」

「消火は!?　間に合わねえな！」

「くそがー！　誰だよこの野郎！」

「逃げろ逃げろ！」

さあ、王都で火事ですよ。いやー燃え広がっていますね。

ん？　何で落ち着いているのかって？

こっちは南側と言ったじゃないですか。

北側と南側の間には、王都から出て、東へ延びる街道がある。当然だよね、ここは門の前なんだから。

その街道が、テント村を南北に分けている。燃えているのはその北側。こっちは文字どおり対岸の火事ってわけ。

でも、いくら今燃えているのがこっち側じゃなくっても、こういう時はテントを畳むのが吉。サッサと片付けますよ。

周りを見れば、ほら、わかっている人はみんな片付け始めている。

勘の悪い奴はテントを張ったままだ。なんでかって？　彼らの行動を少し見ればわかること、そろそろ答え合わせができると思いますよ。

「逃げろ逃げろ！」

「おい！　お前らそこで止まれ！　こっちくんな！」

「テントの間を走るんじゃねえ！　危ねえだろ！」

「あ!?　こいつ蹴りやがって！　痛えじゃねえか！」

「あっあー！」

「こっちも燃えたぞ！」

「こっちに逃げてきた奴覚えとけよ！」

「外周に逃げろ！」

「消火はー!?」

「無茶言うな！」

ほーら、パニックになった奴が南側に突っ込んできた。で、そこらのテントを蹴りやがったよ。な？　テントを片付けている奴らの方が正常なんだ。

中心杭まで片付けてすたこらさっさだぜい。

いやー燃えるなー。こんなに落ち着いているのももう三度目だからなんだよなあ。

一回目は焦った。レールの林では、帰ってきたら燃えていたんだっけ。

ほんとうに燃えているのを見たのは、ヨルクの林以来かな？　いや、レールの林でも最初のころに一回見たな。テントを張っている時だっけ？　懐かしいなあ。

さて、火よりも怖いものが来るから、もっと離れないとな。

2

林に踏み込むくらいまで逃げるのがおすすめです。なんでかはすぐにわかる。

「来たぞー！」

「おい離れとけよー！」

「「メイルシュトローム！」」

テントの中心杭まで吹き飛ばす勢いのメイルシュトロームが、魔術師ギルドに詰めている魔法使いが出張ってきた証拠だ。

北も南も、洗濯機の中のように布が舞っている。そして中心杭まで吹き飛ばすといったな、そうすると三点の端杭も飛ばされる。

……これで、なんで林の中なのかわかったかな？　木を盾にするためです。

終わったら死体の片付けか、面倒だなあ。

また運悪く中心杭に貫かれた奴がいないといいけど。

魔法使いは中心杭なんか刺さらないよ？　始点方向に飛ばないような回転になってるって。

だから渦巻きは横向き、僕らが注意するのは上から降ってくる杭だけだ。基本、木の後ろにしゃがんで隠れていたら当たらないからいいんだけど。

しかし……これさあ、錬金術ギルドとかの授業中に起きたらどうすんの。

今は夏場、授業の真っ最中だと思うのですよ。それなのに火事が多い、年間何人か対応間違えて死なせてないか？

入学生と卒業生の数の差が火事のせいとか洒落にならんですよ。

メイルシュトロームの一撃で消火は完了。灰すらも残らず吹き飛ぶから、すぐにテントを張り直せるぞ。

あとは死体の片付けだあね。まあ先にテントを張り直す奴が多いけどな。

その間、テントがなくなった奴が死体を教会まで運ぶのだ。東門側の教会って、門からけっこう離れているんだぜ。

だから、冒険者ギルドで貸し出している担架という名の布に乗っけて、四人一組で運んでいく。大変だな。

僕はテント組なんで運びませんが。

そのテント組も、僕以外は、何もかも吹き飛ばされ、さっぱりした井戸の周りに行こうと必死の様子。別にいいじゃんそんなに焦らなくても。そう思いながら、僕は外周になりそうな場所に中心杭を打ち込む。

はあ、朝からとんだ目にあったなあ。

いい加減慣れてしまったんだけど、これに慣れるのもいやだなあ。

3

さてさて、テントを張り終わったのでさっそく採取に行きましょう。

……林の中には、草刈りをやっているようにしか見えない人たちがたくさんいる。実に愚かしい。

普通の草と違う色だけど、それ、値段はつかないよ。彼らのやり方だと、一日に中銅貨一、二枚がせいぜいって感じで買いたたかれると思います。

そうして買い取った素材は、錬金陣に一杯の素材を乗っけても、二、三個の魔石しかできない悲しさよ。しかも最低品質、どうしようもないね。これらの魔石は、一個につき中銀貨一枚で買い取られる。買い取った錬金術ギルドがつける売価は中銀貨二枚だ。

ちなみに、錬金術師のアルバイトは、魔石一個につき小銀貨一枚の成果報酬が基本だ。まあ安いよね。さっきの錬金術ギルドの買い取り値より安い。

そういえば、錬金学術院の入学者が作る、いちばん初めの魔杖も、この最低品質の魔石を使うんだって。三年生になったら変えたほうがいいって言われるわけだよ。

そんな採取も今日の分は終了。そして夜がやってきましたよ。

……何かイベントがあるのかって？　あるんだなそれが。

北側にいる冒険者と、南側にいる冒険者の罵り合いだ。

手足や武器の出る喧嘩になったら兵士が首を刎ねに来るから、口だけでやり合う。何が楽しいのか知らんけど、そういう奴らが街道に近い位置に陣取って叫んでいるわけだ。……不毛だ。

そんな罵倒を聞きながら食べるご飯は美味しいなあ、なんて言える神経の人ではないので、即刻やめて欲しいのだが。

それに……なんだがいやな予感がしてくるんだよなあ。

こういう時は、ちょっと隣の人と話し合うほうがよかったりする。こういう時に外周にいるのは、まともな人が多いんだ。

「すみません、ちょっといやな予感がするんですが、そちらはどうですか？」

「……実は俺もそう思っていた。もう一波乱ありそうな気がする」

「なんだなんだ、お前らもか？」

「逃げた方がいいですかね？」

「……とりあえず、飯食ってから移動だな。こういう勘には従ったほうがいいって相場が決まっているんだ」

「俺はもう食ったから移動するわ。じゃあな……逃げ遅れるなよ」

「はい」

「おう」

ゆっくり食っている場合じゃない可能性があるので、かき込むようにして麦粥を食べ終える。そしてテントを片付ける。んで洗い物をしに中央へ。

……罵り合いのほうは大盛況です。ぎゃーぎゃーとまあ、尽きないものですね。

さて、洗い物も済んだし、林のほうに逃げましょうね。

しばらくすると、また火が起こった。

朝よりも規模は小さいが、よく燃えるなあ。

こういういやな予感って、当たらないほうがいいんだけど。

今夜はテントなし寝袋のみの生活だな。

……魔術師ギルドの担当がイラついていないといいなあ。彼らがイラついていると、二次災害が起きる可能性が高い。

ところで、この火事はすでに二次災害、てことは……三次災害かあ、朝の職員なら平和に終わってくれるんだろうがなあ。

二回目の時は酷かった。暴風雨のようなメイルシュトロームだったからな。

次に来るのは、出力を絞ってくれる優しいギルド員さんだといいなあ。

その後、無事に三次災害を引き起こし、多数の死者も出たが、今日はもう寝る。片付けはまた明日だ。

痛ましい事件だったね。

第四十一話　十三歳　王都の新年祭、もしかして食文化低すぎ？

1

心地よい冬晴れが続く今日この頃、いかがお過ごしでしょうか。

どうも、ヘルマンです。

明日は新年祭、王都に来てからあっという間でした。採取採取火事採取とそんな日々でしたね。

……時間が飛びすぎている、との言葉は二回目でしょうか。レールの林のときも言いましたよね。

採取して寝るの繰り返し、たまに火事がありましたが、そんな日々を聞いていて楽しいのかと。僕は楽しくないと思います。

いやー、幻獣とかもいるはずなんですけどねえ。気配も感じられなかったんですよ。

いったいどんな幻獣がいるんでしょうか。それは幻玄派になったら教えてもらえるのか、はたまた授業でやるのか。

まあ幻獣のことは忘れましょ。……何か発見できればいい金になったんだろうが、そんな欲を出しているから発見できないのだ。

欲のない頃にした、マルマテルノロフの大発見は、神からの錬金術師になれとの啓示だったんだろうと思っています。……幻玄派には興味がないんですがね。

ところで、錬金術ギルドの近くの宿は、冬の間部屋を借り切っていたので、かなりもったいない事をしてしまった自覚はあります。日割り計算が面倒で、あと何日かって聞いてもわからないと言われたのでしょうがないから借り切った。

この世界の人は基本的に日付感覚がルーズで、教会が新年祭の日付を言い渡しにくるときくらいしか、今が何日ごろかは意識しないそうです。なんともまあ豪快なことで。

貴族にはたぶんカレンダー的なものがあると思いますよ。誕生日が何月の何日っていうのがあると思います。

それに対して、平民はみんな新年祭で歳を数えます。だから同じ世代はみんな同じ誕生日。僕自身も何月の何日に産まれたのか知らないですし。

赤ん坊の頃から前世の記憶はありましたが、その頃は脳がまだ発達していなかったのか、記憶が曖昧なんですよね。

ただ、錬金学術院では、ちゃんと日付を意識するみたいです。いちおう錬金術ギルドに通って情報収集は欠かしておりません。

……まあ、単純に暇なんですよね。自由市でまたネズミ退治をしてもいいんですけど、いかんせん冒険者ギルドまでが遠い。往復だけでも体力を使う。もうこの際思いっきり休もうということで休んでいます。初めてなんでなかろうか、こんなに休んでいるのは。

しかし、もう少ししたら休みも終わってしまうんですねえ。明日は新年祭ですし、いろんなところでお店をやっているそうです。錬金術ギルドの雰囲気も、一昨日あたりからあわただしくなっていましたからね。おそらくお店の屋台骨だけ作りに行ってるんでしょう。大変ですね、ギルド職員も。

そして、この新年祭が終わったら、ようやく錬金学術院に入学ですよ。

いやー長かった。いろんなところに採取に行きましたしねえ。ヨルクの林から始まった僕の錬金術師になりたい夢、ついにかなってしまうわけです。

感慨深いけど、今度の新年祭でも、まだ十三歳なんだよね。生き急いでる感じは多々あると思います。

まあ、この世界の人間種の寿命は六〇歳くらいですし、よく生きても一〇〇歳くらいまでと言われています。長寿種のエルフなんかは八〇〇年は生きるみたいですし、ドワーフでさえ五〇〇歳代までいくみたいですよ。

……他にも人類種はありますが、人間以外で代表的なのはその二つでしょう。というか、他はどうなのかよくわかってない。

前世の僕は、エルフが魔法を得意としていて、ドワーフが鍛冶を得意としているとか言っていますが、この世界、才能がすべてなんですよねえ。得意か不得意かは種族では決まらない。

まあ、才能がなくてもやれなくはないみたいなんですが、その結果はやはり才能持ちとは比べるまでもないんですよ。

星がまったくないのと、一つでも振られているのの差は大きいんです。星一つと二つの差はそんなにないんですが。

この世の中ほんと理不尽ですよね。才能持ちが、さらに努力しないと生きられない世界なんですから。

領都だったかは覚えていませんが、どこかの鍛冶屋のおっちゃんが言ってたよな。才能で打って半人前、才能を超えて一人前って。技まで昇華させないといけないって。

剣士の才能についてはそれでいいとして、錬金術師の技ってなんでしょうね？　いまだ錬金術の字も触ってないので残念ながらわからないのですが。

それでも、鉄迎派はまだイメージしやすい。鉄迎派の技といったら、戦える才能を伸ばしていくことで得られるものでしょうし。でも、錬金術のほうはどうするのかはやっぱりわかりませんが。

昔、ジュディさんが言ってましたっけ。どの派閥も寿命を取り払うことを至上としていると。

……そこまで行って技なのであれば、技は要らないかなあ。

寿命はあって欲しいですよ。

そりゃあ死にたくないのはみんな一緒です。でも永遠に生きたいかと言われたら、人それぞれじゃないですか?　僕は永遠には生きたくないです。たぶん、そんなことになったら精神が耐えられません。途中でおかしくなる自信があります。エルフの寿命でも長いと思うくらいには人間してますよ。

ささて、入学して、そこが錬金術師としての第一歩なわけです。

ここまで送ってくれた御者さんが言ってましたよね。まずは黎明派の魔力操作を受けるべきだと。おすすめされたということは、それを受けるほうがいいということですもんね。

『エクステンドスペース』を使えるし、保存瓶作成魔道具も、冬の間ずっというレベルではないですが、よく触っています。

しかし、魔力を意識して操作できているかと言われたらわからないですね。『エクステンドスペース』は見せてもらったまま、教えられたままを真似しただけですし、保存瓶作成魔道具に至っては流すだけ。

魔力操作といっても、奥が深そうというか、深掘りした先が技へと繋がっていそうなレベルです。

2

でも、まずは新年祭を楽しみましょうかね。

出店もあることですし、食べ物屋だけではないでしょう。装飾品や錬金アイテムも売っているかもしれませんからね。いろいろと物色してみましょう。

前世の僕は粉物屋があればいいなあとか甘味が欲しいなあと言っていますが、そんなものを売っているんでしょうか。……麦の粉すら見たことがないんですが。

でもパンがあったんだから粉もあるよな？

もしかして、この世界の食生活、レベルが低すぎる？

……それは明日わかることだろう。魔法文明らしい何かで解決しているはずだ。たぶん。

そんなわけで、翌日、新年祭の日になりました。

やっぱり出店が凄いことになっております。

売ってるのは肉串がほとんどなんだけど、ハムっぽい物もあるな。たぶんオークだろうが、燻製ではなさそう。塩漬けの干し肉と大差ないな。

ソーセージっぽい物もあった。……ソーセージは作れるのに燻製の手法はないのか？

魔境や霊地は木材が取り放題だし、できそうなもんだけどな、燻製。

あと、粉物はあった。クレープやクッキーみたいな物。

クレープの中身は甘味じゃない。肉なんだなこれが。

クッキーも甘くなかった。小麦粉と水を混ぜているだけっぽい。卵すら入ってなさそう。

他にはパンにジャムを塗った物もあったが、ジャムは砂糖が入ってないっぽい、素材の味を活かした味だ。美味しいが、これじゃない感が漂っている。

前世の僕が想像していたような、楽しい屋台じゃない。普段食べている物がちょっと豪華になりましたってだけの品ばかり。

スープはあるが、甘味はない、麺すらない。ラーメン食いたいなあ。

そうか、スライム燃料ばかり使うから灰がないのか。だから灰汁《あく》がない。だから麺がない。

……いや、パスタは灰汁要らんだろ。中華麺は無理でもパスタはあってもいいじゃないか。小麦粉があんだろ、水と塩はあるし、卵だってある。もしかして食文化発展してなすぎじゃね？

パスタくらいはあってもよかろうよ。貴族様は食べてるのかもしれないけど、パスタって平民食よ？　あってもよさそうなのに麦粉が高いのか？

動力はゴーレムかアンデッドでいいじゃん。手でやらなくったってさ。商会が錬金術師囲ってさ、麦は大量にあるんだから。

……商会すらないのか？　行商人が主体だから？　そんなバカな。

……『エクステンドスペース』の弊害か？　移動に苦労しないから大規模商会が必要ないのか。だから商業ギルドすらない。

これは難儀な世界だ。

あと、揚げ物もない。フライドポテトやドーナツすらない。

芋！　芋くらいはあるでしょ？　それ揚げるだけよ？　油なんてオーク油でいいじゃん。動物油のほうが美味いでしょ、癖が強いかもしれないけど。

トンカツならぬオークカツがあってもいいよね。パンをすりおろせばパン粉は作れんじゃん、卵もあるし。砂糖がないからドーナツがないのはまあわからんでもない。ただの揚げパンになるだろうし。

あ、バターがない。牛乳は見たことある、酪農はやっているはずだ。まってまって、食文化育てよ？　もっと美味しいもの食べようよ。

貴族様はどんなものを食べているんだろう。……ちょっと想像できたぞ。嫌な想像だけど。

ここに香辛料の効いた肉串がありまして、大変美味しいんですが、ちょっと高い。

ということは、香辛料こそ贅沢の指針なわけで、もしかして、貴族様たちは、材料は平民と変わらず、香辛料ばっかりドバドバ使った料理を食っているんじゃないか？　味重視じゃなく、手間と金が掛かってばかりで美味しくない物を。

カレー、カレー系統なら救いはある。

ナンは作れるぞ、小麦粉、小麦じゃないかもしれないがとりあえず麦はある。それに水、あと酵母。

……酵母？　酵母なんてあるか？

いや、ある！　エールがあるんだ。麦を煮詰めて樽に放置でできあがる自然発酵みたいだけど、発酵してるならそこに酵母がいる、それを入れりゃあ小麦粉を水で練っただけのタネでも膨らむ。

ナンはいけるな。砂糖もバターもないが、最低限のナンなら作れる。

……頼む、カレー貴族であってくれ。貴族の食べる物が、ただ辛い痛いだけの料理じゃなく、美味しい物であってくれ。切実な想いだ。

しかし、それでも平民食はしょぼいままだ。錬金術師もいるのに！　魔法使いもいるのに！

そもそも、なんで麦粉の製造と利用が普及していない？　本当に『エクステンドスペース』が諸悪の根源の可能性があるぞ。粉にしなくても運べるもんな。

そして、麦は粉にしなくても食べられるもんな。農家の才能のせいで。トントンってするだけで脱穀終わるんだもんな。あれは神がかっているといっても過言ではない。

いや、実際に神から授かった才能とかいうトンデモな物の集大成だからな。

待て、この才能って、料理の発展も邪魔してないか？

おいおい、この世界の不思議概念である才能様も、食文化の発展を妨げている諸悪の仲間なのか？

そりゃないぜ神様。料理神か食事神はいないのか？　多神教だよな。食事面にもテコ入れをお願いします。

3

絶望と渇望に苛まれながらお宿に戻りました。

お腹は一杯なんだけど、心が満たされない。暴食に呑まれる以前の問題だわ。

高い料理はあるんだろうが、美味しいかどうかは別。美食方面に進化していないんだな。

商会なんてものもない。普通、食料品なんかを大量に運ぶためには大量の人と馬車が必要で、それを行うために大きな倉庫なんかを作ったりして物流を担うことになると、自然、それが商売になる。……それが、『エクステンドスペース』があるせいで要らなくなってる。人一人でも大量の物を運べてしまう。

……農家にしたってそうだ。才能があるせいで、下手な機械よりもマンパワーが強い。範囲開墾をして、種まきも種麦を投げるだけで満遍なく散らばる。たった一人で、たくさんの人が飢えずにすむほどの大量の麦を簡単に作れてしまう。

この世界の農家は、野菜なんかも作っているが、メインで生産しているのは麦だ。むしろ、野菜だけを作っている農家ってのはなかった。税が麦だからだ。

他の領の事は知らないが、少なくともセレロールス子爵領はそんな感じだった。全部を見たわけではないが、どこの村に行っても、目に入るのは基本、麦畑だった。

魔法や才能がある世界だ、前世の記憶とは違う発展をするのはわかる。……だが、文化に関しては、前世と比較できるわりに、その低迷っぷりがはなはだしい。

前世の僕は、飽食の時代といわれる時代に生きていた。だが、前世の僕が生まれるよりはるか前から、前世の世界では、美味いものを作るためにいろいろなものを食べてみたり、いろいろな組み合わせを試していた。

一見腐っているとしか思えない物や傷んだものも食べたりしながら、美味しいものを探していたはずだ。その結果、前世の僕が生きていた飽食の時代といわれる時代になった。

……では、この世界はどうなのだ？

食べるのに不自由はしていない。一部の冒険者は食い詰めているが、それでも、麦は安いので少しでも金があればお腹いっぱい食べられる。塩も安い。魔境や霊地なんかで塩が大量に作られているから。

町の人たちはどうか。食肉の主な産地は魔境だ。魔境には魔物が湧く。美味しい魔物が。だからなのか、家畜は簡単な物だけだと思う。あとは乗合馬車を引く動物を飼っているくらいじゃないか？　酪農や畜産の必要があるのは、魔境が近くにないところくらいだろう。

セレロールス子爵領の領都では多分小規模なんだろうけど酪農をしているはず。牛の乳があったんだから。……僕の知っている牛じゃないかもしれないのか。

牛自体を見たわけじゃないもんな、前世基準の牛というものをいったん忘れよう。

世界全体が飢餓に陥っているというんでもない。各地の食料自給率は一〇〇％を優に超えているはずだ。麦を酒にするくらいなんだから、余っていないわけがない。それなのに、なんでこんなに料理が発展していないんだろう。

……情報か？　情報が止まっているのか。町と町の間を移動するのは、基本、行商人と乗合馬車の御者くらい。

あとは冒険者か。冒険者は無理だな。情報の伝達に向いていない。彼らは基本的に最低限の食事で生活している。

あとは行商人と乗合馬車の御者だ。彼らが行く先々には、あまり食事処がないからな。町ならあるが、冒険者が使うようなところだ。最低限の料理しか出していない。

おそらく、料理の才能ってのはあるが、メインの客層が冒険者だと、それも持ち腐れになる。安くて多くて腹にたまる物ばかり作らなければならなくなるんだろう。それじゃ才能があっても技まで成長しないのかも。

それを考えると、セレロールス子爵領領都の宿屋のおっちゃんは、料理の研究に熱心だったのかもな。あそこでは美味しい飯が食えて満足だった。でも、そうした情報は、ある程度稼いでいる冒険者しか知らないはずだ。

個人レベルでは美味いものを求める料理人もいるが、それが伝播していないんだ。家庭料理の範疇に収まってしまって、その技で食っていこうとする意志がない。

……そんな問題をどうにかできるか？　無理だ。僕だけでは、発想があっても手が足りない。情報をばら撒く伝手がない。……無念だ。

本当に、本当に残念だが、そもそも、僕の目標は錬金術師として一旗揚げることなのだ。明日からはそれに専念しなくちゃ。

どの派閥に属すかはわからないが、とりあえずできるだけ頑張ってみよう。どんな錬金術師になれるだろうか。色々とやってみてから決めようと思います。

そんなわけで、明日の朝、錬金学術院に入学するために、今日はさっさと寝よう。お布団を敷いたベッドに横になりながら、夢の中に落ちていくのであった。

the way of the
Reincarnated Boy
to be the Alchemist

第3章
錬金学術院編

第四十二話　一月二日　錬金学術院入学、闇管理棟に来てみました、購買はどんなところ？

1

宿屋からおはようございます。とうとう今日が錬金学術院に入学の日ですよ。どうも、ヘルマンです。

短かったようで長かった採取期間も終わり、とうとう入学の日ですよ。感慨深いね。なんの変哲もない朝ご飯を食べてから、宿屋を引き払う。今日から寮暮らしだから。

錬金学術院に三万人も来るんだよ。凄いよね、貴族様もたくさんいるだろうけど、平民はどれだけいるんだろうね。

誰とでも仲よくするつもりではいるけど、鼻にかけるようなのは嫌だね。問題を起こされそうだし、パーティーには入れたくない。

まあ、魔境に行くような錬金術師は、鉄迎派か戦える貴族様が多そうだから、貴族様とは何かとあるような気はするけどね。

そんなわけで、三〇分ほど歩いて錬金学術院の門の前。

すでに馬車が何台か出入りしている。貴族様だろう。

貴族様、朝早いのね。まだ日が昇って一時間も経ってないよ?

引っ越しに時間が掛かるのかもしれんけど、基本的には『エクステンドスペース』で事足りない？　知らんけど。

僕も門の前に立っている人に挨拶。受付か警備の人だろう。

「おはようございます」

「ああ、おはよう。早いね、平民では一番だよ。この馬車に続いて行くといい。みんな総務窓口に向かっているはずだから」

「ありがとうございます」

見ると、馬車が停まっているところがある。あそこが総務窓口か。

しかし、貴族様も大変だね。歩いてゆける距離なのに、たぶん見栄とかあるんだろうね。平民落ちするにしても家の評判とかに関わるって話だったし、舐められないためにはしかたないのかもしれないけど。

馬車と馬車のあいだに滑り込むようにして総務窓口に向かう。

ここで入学の手続きをするのか。……空いている窓口はなし。窓口の手前には、一本の長い列がある。たぶんあそこに並べばいいんだろう。

ササッと並び列が進むか見守る。

列は一本だけ、窓口が空くと、先頭の人がそこへ向かう。……そういうルールか。少し時間が掛かりそうね。

何をしているか大変興味があります。窓口の様子を観察しよう。

……うん、どうやら、名前だけ書いて、はい終わり、ってわけじゃないってことはわかった。何かしら長々とした説明があるか、ごちゃごちゃ書かないといけないんだね。

それでも、少しずつ短くなっていく列、あと二人、前の人が捌《は》けたら、いよいよ僕の番だ。

……あと一人、よし僕の番だ、どこが空くかなー。……おっ空いた。ササッと窓口に向かう。

さあ入学手続きだ。

「おはようございます」

「はい、おはよう。さあ、これを読んでください」

いきなり渡される紙、えっと……なになに、『この学術院で講義中に起こった事故での死亡については補償できません』。

なにこれ、補償も何も、死んだら終わりだよ?

……たぶん貴族用なんだろう。

ああ、魔境や霊地に行くから必要なんだね。魔境では、魔物にやられて死ぬ事もあるだろうし、霊地でも、火事で死ぬことがあるもんね。

しかし、僕は平民、補償も何も、家は関係ないから問題なし。

他にもつらつらと、事故やなんかの補償はできないとか、だいたいのことは自己責任だとか書いてあるが、そこは冒険者で嫌というほど味わってきたことだし、問題なし。

そして最後の文章。『これを読んだら、理解できませんでしたと声をかけなさい』、と。

……なるほど、ここで文字の読めない人は弾かれるのね。まさかここまで来て、「これを読んだけど理解できませんでした」って素面《しらふ》で言うやつはいないだろうからトラップだね。

「理解できませんでした」

「よろしい、こちらを持ってください」

「はい」

「では、あなたは錬金術師に星を何個振られましたか？」

「七個です」

「……結構。そちらを返してください。――それではこちらにサインをお願いします」

「名前でいいんですよね？」

「ええ、結構です」

紙を差し出され、サインをする前にひととおり読む。……書いてあることはさっきと同じ内容だね。

ではさらさらっと、よし、これで、あとはなんだ？

「……平民ですか？」

「そうです」

「では、少しお待ちください」

そう言って奥へと入っていく総務窓口の人、何を取りに行ったんだろう？　と疑問に思うが早いか、箱を持って帰ってきた。

あ、これ錬金術ギルドで見せてもらった、錬金術師の居場所を知らせる錬金アイテムだ。

「この箱を常に『エクステンドスペース』にしまっておいてください。位置を知らせる錬金アイテムです。――結構。こちらがこの学術院の地図と、これがあなたの寮の鍵です。明水寮の〇九〇〇一号室です。それでは入学おめでとうございます。本日一月二日は授業がありませんから寮で説明を聞いてください」

「ありがとうございます」

明水寮っていうのは、四つある寮のうちの一つだな。

地図を確認する。僕が入ることになる明水寮以外に、涼風寮、黒土寮、油火寮がある。どうやら四つの属性の名前が入っているみたいだ。

光管理棟と闇管理棟ってのもあるな。光と闇は管理棟に振られているのか。闇管理棟の圧力が半端ない。

まあ、とりあえず明水寮に行きましょうか。

2

総務窓口を離れて、すぐに目に入ったのは油火寮。八階建てだよ？

ということは、〇九〇〇一号室は地下だな。それでも奥というのはありがたい。

学習棟は派閥ごとに分けられていて、明水寮の近くには、それぞれ幻玄派の四番棟、黎明派の五番棟、幽明派の六番棟がある。

ちなみに永明派は一番棟、造命派が二番棟、鉄迎派は三番棟で、三番と四番の棟の間には修練場がある。たぶん鉄迎派が使うんだろう。

学習棟の奥には畑兼実験場、各派閥の割り当てとかありそうだけど、どんな素材を育ててるんだろう。

基本的に属性素材は霊地か魔境付近でないと育てられないって聞いたんだけど、……疑似環境とか作ってそうだよね。

ワクワクしてくるな。僕が使うことになるかどうかは知らんけど。

あ、兼実験場ってことは危ないものとかはここで使えってことなのかな？

ちなみに、明水寮にいちばん近い管理棟は闇管理棟。こっちを使うことになるんだろうなあ。

……歩くこと一〇分弱、ようやく明水寮に着きました。ほんと、どこも移動だけで大変だよね。

入り口が、端っこ、真ん中、その中間くらいと、何カ所もある。僕が入るべきは……たぶん端っこだろう。〇九〇〇一号室だもんね。

それに、端っこのほうがどの学習棟にも近いし、いい番号なんだから、それくらいの役得はあってもいいよね。

端っこの入り口から入っていくと、すぐ目の前に〇八〇〇一号室、施設管理者室があった。ここが寮母さんの部屋ってとこかな。

呼び鈴を鳴らすが、誰も出てこない。他の貴族様を案内しているのかな、ちょっと待ってみよう。

すると、すぐ横の〇八〇〇二号室、第一食堂となっている場所から、案内されていたと思われる生徒三人と、寮母さんであろう人が出てくる。

「これで案内は終わりだよ。後は自分の部屋を確認してきな」

「「「はい」」」

三人の生徒の返事にうなずきかえしてから、寮母さんはこっちを向いた。

「さて、そこの子、こっちに来な。食堂の案内をするよ」

「はーい」

三人とすれ違いつつ、寮母さんの方へ、そして食堂に案内される。

「基本的には三種類の料理しか出さないよ。パンに粥にスープだ。それぞれの札があるから、その中から二つを選んで、この受付で渡しな。そしたら選んだ二種類を出してやるから、こっちで盆に載せて、席に持って行って食べる。席は自由だ、空いてるところに座りな。んで、食べ終わったらこっちの食器回収場所まで持ってくる。以上だよ。わからないことはあるかい？」

「札はパンの札二つとかでもいいんですか？」

「ああ、いいよ。最後のほうになったら選べないかもしれないがね。朝も夜も早い者勝ちだ。昼は出ないよ。貴族様は外で食っているみたいだけど、ここでは朝晩の二食のみだ」

「平民なのでそのへんは大丈夫です。他にわからないことはないです」

「そうかい。それじゃあ案内はこれまでだよ。何かあったら管理人室で尋ねな。この寮には管理人が五人いるから誰でもいいよ。部屋番的に私のところだろうけどね。食堂も第八食堂まであるから好きなのを使いな。さあ、後は自分の部屋を確認してきな」

「はい」

そうして第一食堂から出る。さあ部屋の確認だ。どんな部屋かなあ。

3

階段を下りて地下へ。地下も照明があるので明るい。

〇九〇〇一号室は階段を下りてすぐのところにあった。さらに奥にはまだ何部屋もある。隣の扉まではけっこう遠いから、部屋は広そうだ。

……扉の鍵は錬金アイテム。錬金術大辞典に載っていたアイテムだ。棒を穴に突っ込んで鍵を開ける。

扉を開けると、部屋の中には短い廊下があって、横にトイレがある。中をのぞき込むと、汚物を直接ねばねばの錬金生物に食わせるタイプだった。このねばねばは、肥料を出さない性質になっているんだろう。これも錬金術大辞典に載っていた。

それにこれは……蛇口か？　おおー、水が出る。排水も問題ないんだな。どうやってるんだろう。

体を洗うスペースもある。ということは、これはシャワールームみたいだ。お湯を張って入る風呂桶みたいなものはなく、小さい桶が置いてあるのは、これに溜めた水を被るか、布を濡らして体を拭くんだろう。

短い廊下を奥へ進む。おー、十二畳くらいの部屋だ。一辺が二メートル以上の広い机がある。これに錬金陣を敷けということかな。てことは、たぶんここでは錬金術を使ってもいいんだろう。

ということは、このスペースは錬金釜を置くためのものか。作業部屋だね。

さらに奥の部屋、石のベッドがあり、机と椅子もある。広さはだいたい八畳くらい。こっちが寝室か。

ベッドにお布団敷いて準備完了。……そういえば、お布団干したいときはどうしたらいいんだろう。干すところも探さないとなあ。

さて、時間が余ってしまった。

……闇管理棟に行ってみようか。

明日から授業があると聞いたけど、どこでとは聞いてないから、調べなきゃね。それの管理をしているのがおそらく光管理棟と闇管理棟だと思う。

授業の日程とかあるんじゃないかな。何時間目には、どこの何番の部屋に行けってやつ、あると思うんだよね。

さあさあ、さっそく行ってみましょう。

4

というわけでやってきました、闇管理棟。

名前だけだと、どこの裏組織の名前だと言いたくなりそうな建物だが、まあいいか。

こちらも八階建て、でも案内人くらいいるだろうということで、部屋の名前を見ていこう。

中に入る。ここに日付が書いてあるな。一月二日……今日の日付だ。

……管理人室があるから、ここでいいよね、聞き込み。呼び鈴を鳴らしてみる。

「はいはーい。なんの御用かな」

「闇管理棟がどんな施設なのかを聞きに来ました」

「なるほどなるほど、簡単に説明するよ。ちょっとこっち来て」

そう軽く言われて、だだっ広いひと続きの部屋に案内される。

壁一面に貼られた皮紙の多いこと多いこと。なんぞこれ。

「これは、それぞれの授業が、いつ、どこの部屋で行われるかを書いたものだよ。ここには、今月から三月までの分が貼ってある。この上の二階には四月から六月までの分、その上の三階には七月から九月までの分、さらにその上の四階には一〇月から一二月までの予定表が貼ってあるよ。五階以上は、各派閥の連絡事項が貼られた部屋だ。ここでこんなゼミを開くから集まってとか、そんな感じのことが貼ってある。五階には一月から三月分、六階に四月から六月分、七階に七月から九月分、八階に一〇月から一二月分、って感じ。……君、一年生でしょ？　一年のうちは、一階から四階を使うことになると思うよ。こっちから日付の新しい順に並んでいるから、だいたいどのへんに何があるかは、使ってればそのうちわかるようになるよ。……で、君が欲しい情報はここじゃないかな。明日の授業がどこで開かれるのか書いてあるのは、このいちばん端っこのところ。わかりやすいでしょ」

言われたとおりに壁を見ると、たしかに、『一月三日、永明派講義基礎、準備物無し、一番棟〇四〇五号室、朝三時から六時』と書いた皮紙が貼られている。

……なるほど、この中から、自分の出たい時間割を探せと。

ちなみに、この世界の時間は、日が出る瞬間が〇時だ。だから、これは「明日の日が昇ってから三時間後に一番棟〇四〇五号室で永明派の基礎の講義をやります。準備物は要りません」となるわけだな。

これ魔械時計必須じゃないですかね？　僕は持っているのでいいですが、この近くだと素材が採れませんよ？　土属性の素材が要りますからね。

そうか、錬金術ギルドで買うんだね。それか、それくらいは準備して来いと？

まあ、お金で解決のほうですよね、普通に考えたら。

……さて、この中から、黎明派の明日の朝の講義を探さないといけません。ちなみに、昼の講義は、幽明派を選ぶ予定です。刺繍、頑張ります。

お、ありました。『黎明派講義基礎、準備物無し、五番棟〇八〇二号室、朝三時から六時』。

あ、幽明派の午後の授業もありました。『幽明派講義基礎、準備物無し、六番棟〇七〇三号室、朝七時から一〇時』。

なるほど、移動のための時間は一時間というわけですか。

まあ建物は隣なので、すぐ着けそうですが、待つ分には問題ないでしょう。

……さて、いったんここでの用事が終わってしまったわけですが、明日にはまた来ないといけないですね。時間割の確認のために。

日付を正確に確認したいですね。カレンダー的なものが要るでしょうか。……要らない気がするなあ。

ここの管理室前に今日の日付が出てたし、採取とかに行っていたら日めくりだった場合ずれる気しかしない。

5

さて時間が余ったぞ。どうしようか……うーん、購買に行ってみようか。何を売っているのか気になるし。

購買は二か所、明水寮と油火寮の間と、涼風寮と黒土寮の間。たぶん品ぞろえは一緒だろう。

購買の建物に向かう。

おお、ここも八階まである。どこに何を売っているんだろうか。……倉庫にしてるフロアもあると思うんだけどね、さすがに全フロアにびっしり商品が並んでいるとは思わんですよ。

さてさて、まずはレジにいる人に聞き込みだ。

「こんにちは、ここの利用方法について教えてください」

「はいはい、購買が初めてってことは新入生ね。ここはね、一階から四階までがお店になっているわ。五階から八階は倉庫だから、用はないと思うわよ。一階で売ってるのは生活雑貨ね。食器や衣服類、食材の他いろいろ揃っているわ。二階は素材を扱っているわね。欲しい素材がある時は利用するといいわ。保存瓶に入っている素材ばかりだからわからない素材があったら遠慮なく聞くこと。聞くことは恥ずかしいことじゃないからね。素直に聞くこと。三階は金属製品を扱っているわ。剣や槍なんかの武器もここに売っているわ。四階は錬金アイテムを売っているわ。自分で作るのもいいけど、他の生徒が練習で作った物も買い取って売っているから、先に買っておくものがあるなら作るまで待つよりも早く手に入るわね。……だいたいこんなところよ」

「ありがとうございました。これは買っておくべき、ってものはありますか？」

「そうねえ、魔械時計かしら。手に持つものがまずは必要よね。それと、寮の部屋の中に置いておく分の二つあるといいかもね。作業スペースと個人スペースに一つずつね。入学当初は時間の管理が大変だと思うから」

「ありがとうございます。錬金アイテムは四階でしたね。行ってみます。ところで、何で食材を売っているんですか？　食事は寮で出ますよね？」

「あらあら、あなたは平民だから知らないのね。貴族様はお昼を食べる習慣があるのよ。だからお昼は自分で作らないといけないの。別に食べなくてもいいんだけど、たまにお茶会なんかをやるみたいよ。貴族用のスペースは一階から八階ね、そこにはお茶会用の部屋もあるの。まあ見栄やなんかで貴族らしくすることを求められているから大変よねえ。平民も食べたいときに食べればいいの。作業スペースに料理ができるような場所があったはずよ。そこで料理をすればいいわ。火を使っても問題ないようにしてあるから」

「お茶ってなんですか？」

「葉っぱや木の皮、実や種なんかを乾燥させたものをお湯で煮出した飲み物よ。美味しいのよ。水しか飲まない平民と違って、貴族様はお茶を飲むの。そんなに高いものでもないし、飲んでみてもいいと思うわよ」

「ありがとうございます。機会があったら飲んでみたいと思います。じゃあ僕は魔械時計を買いに行きます」

「はいはい、またどうぞ」

魔械時計の置時計は、時間を計りながら錬金術を使うことがあるかもしれないし、あって損はないだろう。……既製品だから高いだろうけど、そのへんはしかたないかな。

6

さてさて、四階にやってまいりました。

並んでいる商品の中には、一見しただけじゃどんな用途かわからない物もあるし、知っているものもある。

ピッタリ長靴も売っているし、あれは指方魔石晶の首飾りだろう。

魔械時計は……このあたりか。

手持ち用はあるから、置くタイプを二つ。……値段の安いほうでいいや。

高いのは装飾が豪華なだけっぽい。こういうのは貴族様が買うやつ。

僕みたいな平民は平凡な箱型で十分だ。

文字盤が大きいものを二つ選んだ。見やすいのは大事よね。

レジに向かう。

「すみません、この二つをください」

「はいはい。中金貨四枚ね。――はい、ちょうどですね。ありがとうございます」

置き型の魔械時計、ひとつ中金貨二枚。ジュディさんところで作ってもらったときより高いなあ。

あのときは、素材持ち込みで中銀貨一枚とかそんなんだった感じがするんだけど。

もしかすると、錬金学術院って物価が他よりも高いんじゃないだろうか。

……二階に来た。素材コーナーを見て回る。

うん、高いね。普通よりも。

ここの霊地と魔境で採れる素材は安く売られているが、遠く離れたところでしか手に入らない素材は、その分高くなっているみたいだ。……まあ、それはしょうがないか。

『エクステンドスペース』があるにしても、輸送には人件費が掛かるもんね。

まあ、僕は素材をいっぱい持ってきているから、ここを使うことはないとは思うけど。

7

さて、購買の一階へ下りる。

お茶というものに興味があります。前世の僕が美味しいと言っているんだ。

いろんなお茶があるぞ。……うん、これがいちばん安いな。

快命草の葉っぱを使ったお茶だ。

ポーションの材料の快命草、その葉っぱを乾燥させたもののようだ。……ポーションに葉っぱは要らないのかな。

初級ポーションは、緑のくせに意外とフルーティーだったから、これもそんな感じの味なのかな？

とりあえず購入。保存瓶で売られていて一本で中銅貨一枚。

保存瓶が小銅貨二枚だったことを考えると、容器の値段は入っていないな。……まあ小銅貨なんて小銭だし、わざわざそんな金額を出せとは言わんのだろう。

……高いお茶は、保存瓶一本分で小魔銀貨一枚とかするよ。何を使ったらそんなに高くなるんだよ。そんなもの飲みたいとは思わんぞ。

あと、お茶を淹《い》れるためのお鍋と食器類を購入。

いちおう、お客さんが来てもいいように、たくさん買っておこう。美味しいものも作れるなら作ってみたいしな。

砂糖も売っていて、保存瓶一本で中白金貨一枚。

こりゃ平民が手を出さないわけだ。……何か考えないとな。

8

そんなわけで、いろいろと買って寮に戻ってきましたよ。

他の貴族様も続々と来ているらしく、階段を上がっていくのが見える。

さて、僕は階段を下りて、〇九〇〇一号室に入る。

作業スペースにある棚に食器類を並べて、炊事場らしき場所にお茶用の鍋と三脚、お茶の保存瓶を置いておく。

時計は……作業中に見やすい場所はここかな。見づらかったらまた場所を変えればいいよね。

個人スペースの分は、ベッドから見やすい位置、机の上に置いておこう。

……ここの明かりは消したり点けたりできんのかいな。……このボタンか?

おお、消えた。もう一回押すと点いた。便利だなこれ。

まあ、錬金術大辞典に載っていたから、もし自分の家を作るとなったら実装したいね。

……そんなわけで、やることがなくなったので、スライム燃料を使ってお茶を淹れてみよう。

お茶の葉はこれくらいでいいのか？　とりあえず一掴み分、お鍋に入れてみる。

蛇口から水を注ぎ、火にかける。……沸騰させること五分弱、水が緑色になった。こんな感じでいいのかな。

お鍋からコップに移し替えて、一口。

……ポーションと同じ、フルーティーな味の中に、少し苦みがあるが、これはこれで美味しい。

お茶の残りは保存瓶に入れておこう。そうすれば飲みたいときにすぐに飲めるだろう。……冷めるだろうけど、温かいお茶以外認めないってわけじゃないからね。

そうやって、ゆっくりとお茶を楽しみながら、明日の授業について考えるのだった。

第四十三話　一月三日　錬金陣の秘密、錬金術師の究極、食文化の錬金術師

1

明水寮の自室からおはようございます。

どうも、ヘルマンです。

今日は一月三日です。まだ夜十一時半頃なんだけど、起きたし、朝でよし。

朝から水を浴びるぜー。寒いけど、今まで体を拭くだけだったからな。

今の世界では、朝シャンなんてしたことなかったけど、水は蛇口をひねれば出るんだからやるよね、朝シャン。

シャンプーなんてないけど、体を水で流し、布で拭く。

ふー、さっぱりするね。

さて、朝ご飯を食べに行きますか。

食堂にはもうすでに何人かいた。……やっぱり貴族様は朝早いな。

男ばっかりだな。女性は時間が掛かるのかもしれないな。

まあそんなことはいい。

今日のご飯はどうしようかな。……パンとスープにしよう。

お願いしまーす。

……と、パンは二個皿の上に載っている。

スープも温かいのを入れては温めてくれているんだろうな。

ありがたくいただいて、適当な場所に座って食べる。

……パンは硬いな。酵母なんて入っている感じはしない。……が、とりあえず麦粉があることは確定なんだよな。

これをパスタにしたいよね。そんでスープに入れて食べたい。

スープはオーク肉のスープ。こっちは普通に美味しい。

……でも骨で出汁を取っている感じはしないな、肉の脂で美味しいには美味しいが、ブイヨンもないだろうし、大変だもんな、出汁引くのも。

一〇分も経たないうちに食事を終えて自分の部屋に戻る。

時刻は朝の一時。

……早く着く分にはいいよね。学習棟の見学もしたいし。

そんなわけで、明水寮を出て、黎明派の五番棟〇八〇二号室に向かう……つもりだったが、ちょっと畑兼実験場も見てみたいので、学習棟のすぐ裏だし、先にそっちへ行ってみよう。

畑兼実験場っていうけど……畑はどこだろう。

建物がたくさんあるんだけど、なんの建物かわからない。

中を覗いてみると、普通の住宅みたいだ。

……家を建てる実習かなんかで作ったまま放置してあるのかな。見本みたいな感じで。

もうちょっと奥まで行ってみよう。

いろんなところにいろんな建物が建っている。

二階建ての冒険者ギルドのような建物や、五階建ての倉庫のような建物もある。

ほんとうにいろいろあるなあ。

こんなのを作れるようになるんなら、黎明派も面白そうだな。

……いい時間になってきたので、黎明派の五番棟に向かう。

〇八〇二号室ってどこだろう。八階にあるのか一階にあるのか。

たぶん一階だと思うんだよ。地下が〇九だったんだから。

学習棟五番棟に入ると、ほら、やっぱり一階が〇八〇〇番台だ。〇八〇二号室はすぐに見つかった。

お邪魔します。……誰もいない。

まあ、まだ三〇分前だし、そんな早く来ないか。

さあ、待っていよう。

2

……待つこと二十五分。

現在、授業開始五分前。

誰も来ねえ。先生すら来ねえ。

まあ待つしかないよな。

……そうして時間ちょうどになって、先生が教室に入ってきた。

「おや、なんだもう学生がいるのかい。なら授業をしなきゃいけないね。さて、一人なんだし、こっちに来な。こっちで魔力操作の訓練だ。……しかしなんだね。最初の授業で魔力操作を選ぶあたり、情報収集してきてるねえ。他の錬金術師に聞いてきたんだろう？　普通は永明派や幻玄派、造命派に行くんだ。でもここで正解だよ。魔力操作は基礎中の基礎。何をするにも魔力の操作が必須だ。ここでの訓練は絶対に無駄にはならないよ」

「お察しの通り錬金術師の方におすすめされました。まずここだと。……ではよろしくお願いします」

「ああ、――これが魔力操作を学ぶ道具だ。ここに魔石があるだろう？　ここに手を当ててみな。

それでなんとなくでもわかれば、あとは説明するより早いからね」

「わかりました」

だいたい二メートル四方の大きな水槽、半分くらいまで土が入っている。

外側がガラスみたいな透明な素材でできていて、そこに魔石が埋まっている。

とりあえずこれを触れば何かわかるのだろうか。

……ああ、なるほど、土に自分の魔力が吸われている感じがする。

これを手を動かすように動かせれば、……！！！

動いた！　おおなんだなんだ楽しいなこれ。土がうねうねと動いている。

「おっ、さすがに情報収集をしてきている平民だけある。たまにいるんだよねえ、君みたいな平民が。この錬金アイテムの使い方がすぐにわかったようだね。そうだよ。この魔石の部分が魔杖の役割を担っている。さあ、自分の錬金陣をイメージしてみな。何かはわからないと思うが、とりあえず自分の才能に話しかけてみな。錬金陣を出してくれと。そうしたら浮かんでくるはずだよ」

……いきなりそんなことを言われても、才能に話しかける？　身を任せろって事か？　……ちょっと違う気がするな。

剣の才能のときは、腕の延長として剣を振るうような感じだったが、今回は呼びかけないといけないような気がするぞ。

僕の才能さん、錬金陣を出しておくれ。

……駄目だわからん。

今度は、才能に深く深く触れてみようとする。……こうか？　これが話しかけるって事なのか？　わからないけど、もっと深く、深く潜っていってみよう、僕の才能の奥深くに。

僕の錬金陣を教えておくれ。

「……早いな。なかなかの才能だ。……円に六芒星。それも特殊型だな。君の錬金術師の才能は七つか。なかなかに振られているようだ。見てみな。これが君の星七つの錬金陣だ」

先生の声に、初めて自分が目を瞑っていたことに気づいた。

目を開けて、透明な水槽の中の土を、そこに浮かび上がった、僕の錬金陣を見てみる。

円があり、その中に六芒星。正三角二つの六芒星ではなく、三角形の底辺、平行になっているところが、一つ中心でクロスしていて、しかも頂点が枝分かれしている。

図形を言葉にするのはむずかしいが、そんな感じの六芒星だ。

しかし、なんで才能が星七つだってわかったんだ？　しかも、特殊型とは何だろう。

「どうして、僕の才能が七つだってわかったんですか？」

「それはね、どうやら錬金陣は、基本的に、制作者の才能に星がいくつ振られたかによって線が増えるものだからさ。才能に星が一つ振られている場合は、円だけが現れる。そこに、才能に振られた星の数だけ円の中に線が増えていく。君のは、円の中に、直線が全部で六本あるだろう。だから、星が七つ振られているとわかったんだ。……まれに自分の才能よりも線が少ない者がいるが、そう

いう場合は、錬金術師に向いていないと神に言われたのと同じなんだ。まあ、これで才能の星が八つ以上だと言われたら神を恨んだほうがいい。それでも素晴らしい才能だがね。特に中心でクロスしているのがいいな。六本の直線がある場合、線が交わる点の数は、いちばん多いといくつになると思う？」

「……えっと……形はめちゃくちゃですが十五個ですか？」

「そうだ。十五個だな。その交点の数が重要だと言われている」

「僕のこの六芒星だと十三個ですね」

「そうだ、交点が多ければ多いほど、恵まれた才能だということだ。……魔力回復ポーションの特徴を知っているな？　あれは制作者によって回復量が変わるが、その回復量と、錬金陣に現れた線の交点の数には、比例関係があるとの報告がある。同じ星三つでも、錬金陣の中の線がクロスしていた錬金術師のほうが、陣の中の線がいっさい交わらない錬金術師よりも、制作した魔力回復ポーションの回復量が多かったのだ。その差は、魔力操作の実力だけでは説明がつかないくらいだったんだ。……君の錬金陣は六芒星だが、一般的な六芒星の交点が六個であるのに対して、君のは十三個だ。交点が十五個の錬金陣には劣るかもしれないが、普通の六芒星よりは出力で勝る。だから才能としてはかなりいいほうだ。……稀に六角形とかいう交点がない者もいる中で、十三点とはいい才能をもらったほうだと私は思うよ。それに六芒星の錬金陣のほうが美しい。効率を重視する十五点の錬金陣よりもいい錬金陣だと言えるな。特に刺繍した際には映えるだろう」

「ありがとうございます。……これを刺繍しないといけないんですね」

「ああ、星が多い者はみんな悩むんだ。君も大いに迷いたまえ。しかし、しっかりと刺繍したものを持っておくことをおすすめしておこう。特に十三点の錬金陣だ。簡易刺繍とは出力が全然違うぞ」

「簡易刺繍とは出力も変わってくるんですか……」

「ああ、変わる。劇的に変わると言っていい。魔力操作の力を錬金陣の維持に割く必要がなくなるからな。才能の星が多い者ほど、しっかりと刺繍したものを持ったほうがいいのさ。……まあ、言いたいことはわかる。みんなそれで悩むからな。星を多く振られた者の悩みと思って、しっかり刺繍することをおすすめしておこう」

「わかりました。頑張って刺繍します」

「……さて、錬金陣の呼び出しができたから、これで永明派の授業も幽明派の授業も半分が終わったと思っていい。あとは、この土の形を自由に変えてみるといい。……実験場を一度でも見たか？」

「見ました。たくさん建物が建ってました」

「あれも錬金術で作った物だ。補強するために魔石を使ってはいるが、そのままの強度でいいなら、この箱の中にも建てることができるんだ。……どうだ、何か建物を作ってみろよ。そうだな、自分の家なんかをイメージするといい。そんな感じで魔力操作を使って土を動かすんだ」

3

……言われるまま、三〇分ほど、魔力操作で土遊びをした。

これ、めっちゃ楽しい！　やっと錬金術している感じがする。

新しいものを作っては壊し、壊しては作る。

まるで自分が創造神になったような気分で、ジオラマを作っては壊す。

すごく楽しい……でも三〇分はやりすぎた。

気がつけば、魔力不足でふらふらになっている。それを見て、先生は笑っている。

いろんなものを作ったな。前世で見たことのある、三角のタワーのミニチュアなんかも作ったりした。

いやー本当に楽しかった。魔力が足りないのが恨めしい。

「たくさん作ったね。なかなかにいい想像力をしているな。特に三角のタワーはよかった。あれは面白いな。何かに使えないか考えてみたくなった」

「疲れました。魔力がこんだけしかないのが恨めしいです。もっといろいろ作ってみたかったんですが。もう少しで空っ穴です」

「これを、君はだいたい四十五分いじっていたな。君より魔力が少ない奴は十分程度でバテるだろうし、多い奴は三時間いじっていてもケロッとしてやがる。たいていは三十分ってところだろうから、君は標準より少しばかり魔力が多いと思う。まあ、いい錬金陣が現れたし、魔力も通常より多いとなればいいほうだろう」

「そうですか。……それで、授業はあと二時間くらいありますけど、これからは何をすればいいですか？」

「そうだなあ、魔力も尽きかけているのに無理はさせたくないしなあ。質問があれば、それに答えるとしようか。錬金術に関することでも、それ以外でも何でもいいよ。遠慮はしなくていい」

「わかりました。先生は貴族ですか？」

「『元』がつくがな」

「貴族の食事って美味しいですか？」

「美味しいかどうかと言えば、あまり美味しくなかったたな。食堂のスープは飲んだか？　あれのほうが美味いと感じた」

「貴族の食事って香辛料をたくさん使った料理ですか？」

「なんだ、知っているんじゃないか。そうだよ、香辛料をふんだんに使った料理だ。私は、あの辛すぎるのは苦手だったたよ。平民の食事のほうが口に合ったな」

「やっぱりそうでしたか」

「ん？　知らずに言い当てたのか。君はそれほどに食に入れ込んでいるのか。料理の才能でももらったか？　……それとも暴食に呑まれたかな？」

「料理の才能は持っていませんし、暴食に呑まれる以前の問題です。僕はもっと美味しいものがあってもいいと思っているんです」

「食事を豊かにするのも錬金術師の仕事の一つだよ。私たち黎明派のね。しかし、料理をどうのこうの言う奴は黎明派でもいなかったと思うな」

「それなら、僕は黎明派に入ろうと思います。今よりも美味しいものを食べたい、いろいろなものを食べたいので。そんな理由でもいいんでしょうか？」

「いいと思うよ。錬金術師が一〇人いれば、一〇人とも何をするかは違うからね」

「黎明派って基本的には何をする派閥なんですか？　僕は基本的にどの派閥も究極的には寿命を失くすことを考えているって聞いたんですが」

「ああ、それで合っていると思うよ。永明派は、不老不死の霊薬を作ることを究極の目標としている。あそこほど、目的のわかりやすい派閥はないね。……造命派はちょっと変わっている。新たな命を創造しようとしているんだ。具体的には、自分の複製を作っている。そうしておけば、自分が何代にも渡って存在し続けられるって考えているんだ。……鉄迎派は魔物を討伐することによって肉体と同時に魂も鍛えられると考えている。魔物を討伐し続けるかぎり、肉体と魂は若いまま維持されるんじゃないかと仮説を立てているんだ。本当かどうかはわからないが、鉄迎派は、戦闘に関して、才能を超える力を与える装飾品も作り出しているから、あながち間違っていないんじゃないかって言われているよ。……幻玄派もなかなかに特殊だとは思うね。幻獣を解析しきれば、人類も幻獣に昇華できるんじゃないかって考えている。幻獣には寿命が存在しないと言われているんだ。だから、人間が幻獣になれば、それは永遠の命を得たのと同じことになる、って感じだね。……幽明派は、そもそも死者になれば寿命なんてなくなると考えている派閥だ。だから高位のアンデッドを召喚しようとする。何かとお騒がせな派閥だけど、不死に近づくための研究としては、目標にいちばん近いんじゃないかって言われているよ。不老不死ではなく、不死だけだから、永明派とは相容れないんだよね。……そして私ら黎明派だが、豊かに楽に生活していれば、人の寿命が延びるんじゃないかって考えている。上の人たちは、それを永遠に続けられないかと考えてるみたいだけど、私は、寿命が延びるのも、いずれ来る限界があってこそと考えている」

「じゃあ、僕が目指すのは、食生活を豊かにするってところですかね。今のところは」

「それでいいんじゃないかい。もし暇だったら私たちのゼミに来な。一年のあいだは授業で忙しいのかもしれないけど、一年生も派閥のゼミに出ていいんだ」

「管理棟の五階から八階にあるんですよね。なんていうゼミなんですか？」

「豊穣会だよ。年中採れる農作物や香辛料、治水なんかを主にやるゼミだ。君が来るんなら料理もゼミの内容に入れてしまえばいいんだから。作物も美味しく食べられるほうがいいだろうし、それに黎明派にも新たな風を吹かせたいんだ」

「新たな風ですか？」

「そうなんだよ。最近、幻玄派が盛り上がっていてね。これまでにない幻獣の寿命についての論文が発表されたんだ。著者は……たしかジュディ＝メンドーサといったな」

「え!?　ジュディさんですか？」

「おや？　君に錬金術師のイロハを教えたのは彼女だったのかい？」

「そうです。マルマテルノロフの研究をやってて、僕が大きなマルマテルノロフの鱗を見つけたんです。……そっか、ジュディさん、上手くいったんだ」

「おや、幻玄派に新たな風を吹かせたのは君の発見だったのか。……幻玄派には入らないんだね？」

「僕は幻獣にはそれほど興味がないので、黎明派のほうがいいです」

「そうかい、研究職になるのかい？　それとも三年でどこかの領に行くのかな？」

「三年かはわかりませんが、どこかの魔境でお店をやりたいと考えています」

「なるほどなるほど、まあ資格は十分だし、やりたいことがしっかり見えているんだし、研究テーマもゼミの内容と遠からずだし、いいことじゃないか。そうだ、八日後くらいだったかな、ゼミの集まりがあるんだ、新年のね。そこに君も来るかい？」

「お邪魔じゃなければ行きたいです」

「そうかい。私はメラニー＝カッセルだ。君は？」

「ヘルマンです」

「ヘルマン君だね。じゃあ、いずれ五階に予定が貼られるだろうから、よかったら来てちょうだい」

「はい、わかりました」

「さあ、まだまだ授業中だよ。次の質問は何かな？」

……こうして、先生――メラニーさんには、授業が終わるまで、長々と質問につき合ってもらった。

さて、午後は幽明派の授業だ。

場所は六番棟の〇七〇三号室。開始までにまだ一時間あるけど、隣の建物だし、走らなくても間に合うだろう。

さてさて、次はどんな授業になるのかな。

第四十四話　刺繍の授業、ゼミの日にち

1

六番棟〇七〇三号室の中からこんにちは、今度は幽明派の授業ですよ。

時刻は六時五〇分、授業開始一〇分前ですが、すでに先生がいて、凄く残念そうな顔をしている。

僕の他に生徒はいない。

授業をしたくないのか、それとも人が少ないのが悲しいのか。……よくわからん、わからんぞ。

七時になりました。先生は動く気配なし。……どうしよう。

「あの、時間なんですけど……」

「そうねえ。はあ、授業をしないといけなくなってしまったわ。……はあ」

「……。布に刺繍をするんですよね？」

「そうよー。これが魔布、こっちが魔糸よ。簡易刺繍ならこの量で十分だと思うわ。……あなた、錬金陣は？」

「六芒星の特殊型と言われました。交点は十三です」

「……いい才能ね。魔布に魔力を流してちょうだい」

「はあ、では」

言われたとおりにすると、魔布に錬金陣が浮かび上がる。……うんさっきと一緒だな。

しかし、これはどういう仕組みなんだろう。魔力を流すのをやめたら、錬金陣は消えるのか？　流しているうちに刺繍をしないといけないのか？

……いや、消えないね。

これでゆっくり刺繍できることはわかった。あとはいつでも好きなときに刺繍をすればいいだけだな。

「ねえ、もう帰ってもいい？　研究の途中なのよー。授業面倒なのよー」

「魔布と魔糸をもう一セットください。あと、簡易刺繍の方法と、ちゃんとした刺繍の方法を教えてください」

「いいわよー。簡易刺繍は――こう。わかった？」

「はいわかりました」

「ちゃんとした刺繍は――――こう。わかった？」

「はいわかりました」

「ねえ、もう帰ってもいい？　研究の途中なのよー」

「……僕も自分の部屋でゆっくり刺繍したいと思ったところです」

「話のわかる新入生で助かるわー。部屋のライトを消すから部屋から出てねー」

「……わかりました。では、失礼します」

なんだか帰りたそうだったので部屋で刺繍しますか。別に見られながら刺繍する趣味があるわけでもない。さっさと帰ろう。

……先に闇管理棟に行こう。明日の準備と、メラニーさんが言ってた豊穣会の予定を確認したい。

2

そんなわけでやってきました闇管理棟。字面が圧倒的に敵役。

さて、まずは一階で明日の予定と、明後日のも見とこうかな。

ちなみに、明日は一番棟の永明派と、二番棟の造命派の授業に行こうと思っています。

理由は、早いところ錬金釜と魔杖が欲しいから。……我ながら単純だと思う。

しかし、これらの授業は、錬金術をやっている感がどうしても他二つの派閥の授業より強いんだよ。

鉄迎派の戦闘訓練は錬金術というより練筋術だし、幻玄派の霊地の素材の扱い方って、さんざんやってきた採取方法の解説って事でしょ？

それに、一度受ければいいと言われた永明派と造命派の授業を早めに受けておいたほうがいいんじゃないかっていう理由もある。

……決して錬金釜と魔杖に引っ張られただけではない。少しは認めるけど。

そんなことを考えながら、壁の貼り紙を探す。

えっと、お、造命派の早いほうの授業を発見。『一月四日、造命派講義基礎、準備物無し、二番棟〇八〇一号室、朝三時から六時』。これだな。

……永明派はこれか。『一月四日、永明派講義基礎、準備物無し、一番棟〇八〇二号室、朝七時から一〇時』。

幻玄派と鉄迎派はーっと。こっちのほうかな。うん、『一月五日、幻玄派講義基礎、準備物無し、四番棟〇七〇一号室、朝三時から六時』。

んで、鉄迎派は、『一月五日、鉄迎派講義基礎、準備物自身の武器、修練場、朝七時から一〇時』。

うんうん、まあ、修練場だろうね、鉄迎派は。いちいち教室に集合する意味はないもんな。

……これからは、修練したいときは朝三時か七時に修練場に行こう。たぶん刺繍ばっかりやってるとつらいと思うんですよ。体を動かすことはいいことだと思います。

次は豊穣会の予定の確認だ。五階にも上がろう。

……こっちも結構な数の皮紙が貼ってあんじゃん。

ところで、この皮紙ってなんの皮なんだろう。オークの皮かな。ゴブリンだったら緑になるっしよ？　色的に。

あと、肉も食べるから、皮を剝ぐ頻度はオークのほうが多そうだし。……脂落とすの面倒なんだろうな。オークは脂身が美味しいんだけど、皮を皮紙にしようとすると面倒な気がする。

たしか、錬金術大辞典に皮紙用液が載ってたんだよね。それに浸けてんのかな。大変だなあ。

冒険者ギルドでやってるのかな。大量に解体とかやってるし。

魔境の冒険者ギルドは普通のところのとは違うんだよ。王都の北の冒険者ギルドもそうだったんだけど、無茶苦茶大きかったんだよね。東側は普通の大きさだったんだけどさ。

メラニーさんが言ってた、豊穣会の皮紙もあった。

でも、次の集会は、八日後、つまり一月十一日じゃなくて、一月八日だったけど、まあ誤差よな。八だけ覚えていたんだろうな。

場所は五番棟の〇三〇四号室だ。けっこう上の階層だな。上の階層だからって何かあるのかはわからないけれど、おっきいゼミなのかな。

ゼミ生って何人ぐらいいるんだろうね。ゼミっていうか、研究者っていうのは、貴族がいっぱいってイメージなんだけど、どうなんだろう。

テーマ的には、年中採れる農作物や香辛料に治水だ、って言っていたし、平民がいてもいいようなテーマなんよね。

いちおう、二時から十一時と書いてある。……長いね？　まあいいけど。

……さて、確認も終わったし、帰ってチクチク刺繡しますか。

とりあえず簡易刺繡は早めに終わらせるぞ。

ちゃんとした刺繡をするには、糸が絶対に足りないから、錬金術大辞典で糸のレシピを確認しておかないといけない。

……まあ、初歩の錬金術すら使えないので、そのあたりは授業を受けて理解するしかないんだろう。でも、基礎さえなんとかなれば、あとは才能さんがなんとかしてくれるんじゃないかな。

3

さて、部屋に帰ってきましたよ。

作業用の机に布を広げ、たくさんある椅子を重しにして魔布を押さえる。

魔布がピンと張ってないと刺繡しにくい。

この世界、刺繡枠もないんだぜ？

まあ、二メートル四方の魔布に刺繡するのに、どのくらい刺繡枠が役立ってくれるのか疑問ではある。頻繁に移動しないといけないからね、簡易刺繡だと。

ちゃんとした刺繡のときは刺繡枠が欲しい。切実に。

さて、針もちゃんともらってきているからチクチクしましょうね。

…………。

しゃべるとずれるので無言になります。ではのちほど。

……。

…………。

…………。

…………………………。

気がつけば、四時間ほどひたすら刺繍をしてました。

といっても、簡易刺繍はそこまで細かくしなくていいんだよ。だから意外と早く終わりそう。

もう外周の円の刺繍を終わらせたから、あとは直線を六本刺繍するだけ。

これなら、残り二日もあれば終わるんじゃない？　……授業のある日は無理だけど、ゼミまでには終わりそう。いい感じじゃないか。

でも、手が疲れてきたので、今日はここまで。

4

第一食堂にて、夕飯を食べる。

すでにパンの札がなくなっていたので、粥とスープにする。

……まだ人が少ないから、それぞれ作るのも少ないんだろうな。

そしてパンは麦粉が要る。どうやって粉にしているのか知らないが、石臼なんてあるのか？　なかったら悲惨だぞ。

もしないなら、さっそくゼミで発表しよう。

食事を豊かにする錬金術師か……あのときは勢いで黎明派に入ってしまったけど、あまり後悔はしていないんだよね。

むしろ、年中採れる農作物とか、すでにあるなら教えて欲しいものだ。

香辛料も研究しているなら、それを売りに出せばいいのに。そうすれば、香辛料の市場価格も下がるはず。

まだできていないのかな。それとも貴族様以外は使わないのかな？　市場に出回っているのはその余り……って、そんなはずはないよなあ。

貴族が、自分たちが使う分だけ作らせているというのが濃厚だな。

香辛料は、作っている農家が、行商人にも売っているんだと思う。そんで、行商人も、貴族様が使っているからと、高く売っていると。……そして高いから小量しか使わない。そうすると美味しいものができるといった感じなのかな。

想像だけどそんな気がする。

香辛料だらけのご飯が貴族のご飯という絶望を知ってしまったからな。メラニーさんからの情報で。

美味いもんを食えよなあ。なんで香辛料ばかりの料理が流行ったのか。

……ご飯も食べ終わり、さあ刺繍の再開だ。

チクチクするぞ、目指せゼミまでに簡易刺繍の終了。

部屋が明るいから時間を勘違いしがちだけど、もうすぐ夜なんだよなあ。

地下だし、明かりもあるしで、徹夜余裕じゃないか？

……眠いの我慢してまで刺繍はやりたくないけど。

そんなわけで、いい時間まで刺繍を頑張り、寝た。明日からまた授業に出るぞ。

第四十五話　一月四日　魔杖の授業、錬金釜の授業

1

明水寮〇九〇〇一号室からおはようございます。今日は一月の四日ですよ。

どうも、ヘルマンです。

さて、朝シャンしたし、朝食を食べに行きましょうね。

朝の食堂にはやっぱり何人かすでに人がいる。

僕の分のパンは残っているのだろうか。……残っているな。じゃあパンとスープにしよう。

粥とスープって絶妙よな。汁物に汁っぽいものを合わせる。

やっぱりパスタが欲しい。食生活の向上は必須だと思うんですよ。

パンも酵母使ってない硬パンだし、エールをパン生地に入れるって発想がないんだろうね。木の実の酵母を作るにも、瓶が必要なんだよなあ。

保存瓶で余裕なんですが、流行らせるってなると本当に伝手が欲しい。

……豊穣会にも貴族様がいると勝手に思っているんだが、農作物を流行らせようとした貴族様はいないのか？

そういえば、大綿花って年中採れる不思議な綿だったよな。もしかして過去の錬金術師の産物だったりするのか？

食事を終えたら自室に帰る。

授業までの空いた時間は刺繍を進めるぞ。

ちゃんとした刺繍にまで到達するのだ。そしたら、授業よりも先に豊穣会で錬金術を教えてくれたりしないかなって思っていたり。

2

時刻は朝二時五十五分、二番棟〇八〇一号室に来ております。

僕の他にも、生徒が二〇人程いる。やっぱり魔杖は憧れるよね。

でも二〇人って多くないか？　こんなもんなのか？

昨日の授業は、二つとも僕一人だけだったのに。

造命派の授業は人気なんだなあ。

さて、先生も今来たし、授業を始めてくださいな。

「この中で新入生だけ手を挙げな。……正直にな」

……どういうこっちゃ？

ああ、二年生か三年生、はたまたそれ以上の人たちが、精霊樹の苗木目的に来ている可能性があるわけか。そのへんの確認なのね。

……新入生は僕を入れて四人だけ。けっこう在学生がいるじゃないか。

「在学生、素材は自分で買いな！　それくらいできるだろうに、嘆かわしい。さあさっさと部屋を出な。自分で素材を買え！　作り方を教えて欲しいってんなら残ってもいいぞ」

こう言われて、ぞろぞろと出ていく在校生。……まあ、作り方さえわかれば自分でも作れるんだから、頑張ってね、先輩たち。

「さあ、残ったのは四人だね。そこの鉢植えから好きなの選んで持ってきな。それで精霊樹の苗木を作って教えるからね」

先生が示す、鉢植えはいろいろあるんだが、結局どれも五日間のつき合いなんだよね。

……どれでもいいよな。

いちばん手近にあった、丸い鉢植えを手に取って、並ぼうと思ったらすでに四番目だった。早すぎじゃね？　そんなに慌てなくてもいいんじゃないか？　……まあいいけど。

「これが精霊樹の苗木だ。この根に魔石を抱かせて鉢に植える。先頭の者には、詳しくやり方を教えてやるから、あとの三人は見ているように」

そう言って、先生は鉢植えの作り方を実演してくれる。

土を入れた植木鉢があるじゃろ？

土の上に魔石を置くじゃろ？

そこに苗木を乗せて、魔石もろとも土に突っ込むじゃろ？

……以上なんだが。

何もむずかしいことはない。根っこをどうするとかもない。とりあえず置いておくだけ。

……ほんとにこれでいいのか？

「簡単だろう？　簡単なんだよ。まあ一日目は苗木が落ちないように気をつけな。あとは五日間、魔力をたっぷり吸った水をやるだけだ。ただ、この魔石は品質が低い。だからいい魔石を手に入れたら作り直すことをお勧めする。……それでだな、苗木から葉っぱがなくなったら、勝手に杖の形になる。短かったり、太かったりするが、それが自分の杖だ。まあ、今日の上級生のように、作り直しをするまでの間しか使わないだろうが、基本的には二本目もほとんど同じ形になるはずだ。それが不思議と持ちやすかったりするんだから不思議なもんさ」

不思議だ、なんで同じ形になるんだろうか。自分の魔力の質のせいなのだろうか。

まあそれはどうでもいい。

四番目の僕にもしっかりと精霊樹の苗木が行き渡る。その場で錬金してくれた、出来たてほやほやだ。

ところで、平民寮は地下なんだが、苗木の生育に太陽の光は要らんのか？　光合成なんてものが必要じゃないのかと前世の僕が聞いてくる。

「日光に当てなくても平気なんですか？」

「ああ必要ない。平民寮でも難なく育つ。そういうものだからね」

植物なのに不思議だ。

「水の量はどうですか？　たっぷりあげていいんですか？」

「ああ、足りないと葉っぱが残るから、たっぷりやっていい。根腐れなんておこりゃしないよ。まあ、限度はあるが。ちゃんと土についてりゃ問題ない。早ければ五日で終わるが、七日かかったとしても杖の効果は変わりゃしないよ」

水もたっぷりで問題ないのね。むしろ足りない方を気を付けた方がいいんだろうか。

「まあ、二本目からは、自分でいろいろ試行錯誤してみるものいいさね。まあ、それでも外見はあまり変わらなかったたって研究結果が出てるがね」

まあ、効果が一緒ならいいか。

とりあえず『エクステンドスペース』にしまう。部屋に帰ってから水をたっぷりあげよう。

魔力操作で水に魔力を加える感覚は、黎明派で受けた魔力操作を参考にすればいいだろう。……魔石がないから操作しにくいかもしれないが。

まあ、なるようになるか。

……あれ？　他の三人はもう帰ったのか？　いないんだが。

「あの、もう帰ってもいいんですか？」

「ああ、いいよ。というより君待ちだ。君が帰れば私も帰れる。別にここで質問会をしてもいいんだが、さっさと水をやりたいだろう？　行ってもいいよ」

「わかりました。ありがとうございます」

一時間もしないうちに授業が終わってしまった。

……寮に帰って、苗木に水をあげよう。

このためだけに水差しを買うのもなんだし。お茶用の鍋を使おうかな。

この次は永明派の授業、隣の建物だから、ここに残ってもよかったんだけど、特に話したいこともなかったしな。

3

寮の部屋に帰って来まして、お茶の葉の横に植木鉢を設置。

天井に届くまで伸びるようなら、置き場所を考えなきゃいけないかな。

とりあえず水をやろう。

蛇口をひねり、鍋に水を溜めて、魔力操作で魔力をぐっとたくさん入れる。

……押しが弱いのか、水の限界なのか、あまり魔力が入っていかない。

あのときの土にはガンガン入っていったんだけどな。

まあいいか。

鍋いっぱいの水を、植木鉢にゆっくりと注ぐ。

ちょっと水はけが悪い土なのか……粘土っぽいのかな、あまり浸透していかない。

まあ、たっぷりって言っていたし、これでいいか。

じゃあ、次の授業までは刺繍だ。三時間ほどあるからね。授業に遅れないようにさえすれば大丈夫。

さてどんどん進めていくぞ。

4

時刻は六時五十五分ごろ、一番棟〇八〇二号室にやってまいりました。

ちょっとギリギリを攻めすぎた。もうちょっとで遅れるところだったよ。

まあ間に合ったのでセーフセーフ。

今回も六人ほど受講生がいるな。二日目だからね、一番棟や二番棟から回る人が多いのかな？

僕は五番棟と六番棟を先に行ったからな。珍しいのかもしれない。

……やる気がなかった幽明派の人も、まさか初日に授業があるとは思っていなかったんだろうな。研究のほうが気になっていたし。

と思っていたら、七時を過ぎても、まだ先生が来ません。

他の受講生もざわついています。こんだけいるんだから、教室を間違えたってことはないよな？

まあ、待っていれば、いずれ来るだろう。

やる気のなかった幽明派の人は遅れずにいたんだけどな、ここの先生はもっとやる気のない人なのか。はたまたドジな人なのかどっちだろうね？

そんな中ドン！　と扉が開き、

「ギリギリセーフ！　だよね!?」

などとのたまう先生。

今は七時二分、いやギリギリアウトですから。

まあ許そう。心は広くあるべきです。

「ギリセーフなので始めてください」

ナイスなフォローが飛ぶ。

満場一致のようですし、さっさと始めてくださいな。

「セーフならいいのよ！　さ、授業を始めるわ！」

なかなかに豪快で元気な先生だ。

その先生は、生徒の人数を確認すると、『エクステンドスペース』から大釜を七つ出す。

人数分ちゃんとあってよかった。これでなかったら取りに行かせただろう。……他の誰かが。

「さあ、一つずつ錬金釜を選んでちょうだい。選び終わったらこの魔布とインクを持っていってね」

こうなると、いちばん奥に座っている僕は、自動的に余り物を選ぶことになるわけですが、大きさもほとんど一緒だし、選ぶ必要性があるのかすらわからない。

そしてインクと魔布をもらう。魔布はあれだ、幽明派のときにやったのと同じことをするんだろう。

自分で刺繍してみて気がついたんだが、魔布に魔力で浮かび上がらせた錬金陣って、時間が経つと徐々に薄くなっていくんだよね。気がついたら消えてたから驚いたんだよね。

でも、もう一度錬金陣を浮かび上がらせたら、なぜか最初の位置からずれもせずに現れたからよかったけど。

でないと、一度で刺繍を終わらせないといけないとか、適宜魔力を足さないといけないことになる。

こっちのインクは、たぶんだけど、錬金釜用インクだろうね。錬金術大辞典に載っていたのを覚えている。

でも大変だよな、錬金術師も。

誰が錬金術を使い始めたのか知らないけど、その最初の人は、釜も錬金陣も魔杖もないところから始めたんだろう？　手探りでさ。

素直に凄いと尊敬するね。

僕なんて才能はもらったけど、使い方すらわからなかったんだからね。

「行き渡ったかな。それじゃあ魔布に錬金陣を浮かび上がらせてみよう。魔力操作で魔布に魔力を流し込むんだ。錬金陣が浮かび上がったら、今度はそのインクで、釜の底に錬金陣を描いてね。指を使いな。描けたら言ってくれたらいいよ」

言われたとおり、ささっと錬金陣を浮かび上がらせて、釜の底に錬金陣を描いていく。

こういうときは才能に任せればいいと、経験則だがわかっている。魔布に錬金陣を浮かび上がらせたときと同じく、描くことも才能に任せてやればいい。

そして、思ったとおり、才能さんが仕事をしてくれて、見事な錬金陣が描きあがりました。

円も綺麗に描けているし、上等上等。

これで刺繍も才能さんがやってくれれば文句はなかったんだが、刺繍は才能の範囲外だった。残念。

「先生、描けました」

「はいはい、君は四番目ね。覚えておいて。今見てる子が終わったら、順番に見ていくよ」

どうやら僕より先にできていた人がいたみたい。

僕もそこそこいいペースでやったと思ってたんだけどな。四番目だったか。

貴族様たちは先に錬金陣を知っていたのかな？

ま、そんなに時間はかからないみたいだし、いいか。……すぐに来たし。

「はいはい、おー七つ星ですか。しかも交点が十三個も。いい錬金陣が出たね。さて、まだ魔杖は持ってないよね。はいこれ魔石。これにありったけ魔力を注いで、釜に放り込んで」

言われるがままに、魔力を限界ギリギリまで注ぎ込み、釜の中に入れる。

なんか虹色の液体が湧き出てきたんだけど。……止まった。溢れはしなかったな。

「はい、これで錬金釜は完成だよ。この液体はこうして――横にしてもこぼれないの。不思議でしょう？　君の授業はこれで終わり。帰っていいよ」

そう言って、先生は次の生徒のところに行ってしまった。……何とも忙しい先生である。

まあいっか。終わったならさっさと帰ろう。

そして刺繍の続きをしよう。簡易刺繍のほうは、終わりが見えてきたんだよね。なかなかにいいペースで刺繍ができていると思うんだ。

ちゃんとした刺繍は、これより時間がかかるとは思うけどね。

時刻は八時過ぎ、絶賛刺繍の真っ最中だ。

錬金釜も所定の位置に置いて、部屋が錬金術師の工房みたいになってきた感じがするよ。

授業のときは持ち運ぶんだろうけど。

精霊樹のほうは、もう水がなくなってたので、追加で鍋からだばーしました。

足りないよりも多いほうがいいみたいだからね。ちょくちょく確認したほうがよさそう。

そうだ、昨日は夕飯が十一時を回っていたからか、パンがなくなっていたっけ。

今日はちょっと早く行って、パンを確保しましょう。

粥にスープは合わない。切実にそう思う僕であった。

第四十六話　一月五日　幻玄派の授業?　戦闘訓練にて気絶

1

四番棟〇七〇一号室からおはようございます。

今日は一月五日、時刻は二時五十五分ですよ。

どうも、ヘルマンです。

現在、幻玄派の講義を待っている最中である。

講義に来ているのは僕一人。

素材の採取の方法なら即帰ってもいいんだろうが、一人で何を教えてくれるのか。

おっ先生が来たぞ。

「ふむ、一人であるか。君、この本は読んだであるか?」

「ちょっと見せてください。――錬金術ギルドで読みました」

「ならば結構、これで授業は終了である。では」

……おい帰ってしまったぞ。

しょうがない。僕も帰るか。

帰って刺繍だ。

この講義、意味があるのだろうか?

魔境や霊地に行かない平民はいないと思うんだよね。

素材の採取をしないと、生活費と入学金が稼げない。

貴族様も、貴族学校に通っているうちに、採取には行くんじゃないの?

……でも、授業をやっているってことは、錬金学術院に入るまで採取に行ったことがない人がいるってことだよな?

まあ、終わったことだし、いっか。

明水寮にも近いし、そこまで時間の浪費をした感はないので、許します。寛容の精神は大事。

2

そんなわけで、六時過ぎまで刺繍をしたあと、現在、修練場に来ております。

先生もすでに到着しており、やる気満々です。

僕もブロードソードを帯剣して準備は万端です。

レイピア？　あれは才能で使えるからオッケーオッケー。

まあブロードソードも才能で使えるんだけど。

いずれにしても、才能を超えた先にある技まで持っていけるかどうかだが、今回の授業ではそこまではいけないだろう。

でも、何か得るものはあるだろう。

……幻玄派のように、使えるんだね、じゃあこれで終了、なんて事はないだろう。

さて、時間になりました。生徒は全部で六人。何するんだろう。

「では、剣を構え！　振れ！　振れ！　ひたすら振るのだ！」

鉄迎派の先生の言うとおり、剣を振る。才能に任せてひたすら振るう。

そうしていると、剣線の中に、たまに外れがあるのがわかってくる。振り終わったあとに隙ができるんだ。

それがないであろう剣線を選んでみる。

レイピアよりも刃が三倍ほど幅広な剣、ブロードソード。ということは、重さも約三倍だ。

まだ一〇分くらいしか振っていないが、もう腕が疲れてきてしまっている。

っく、レイピアならもう少し長く振り続けられるんだがな。

休憩はなさそうだし、ともかく振り続ける。

「才能があるものは、まずは才能の話を聞くのだ。才能がない者は、ともかく振って振って振りまくれ。それが筋肉になり、必ずや君たちの力になろう。才能があるものは才能の話を聞け。何度も言うぞ、才能の話を聞くのだ。疲れてきたときこそ、才能との会話のとき。話ができるまで振り続けるのだ」

……それって才能に身を任せるのとは違うんですかねえ。

まあとりあえず、振り続けましょう。

そうしていると、振り下ろす剣の動き――剣線が、三種類に絞られてくる。

そのうち一つを選んで振り続けると、ちょっとだけずれたものが交じってきて、今度は二種類になるから、そこから一つを選ぶ。

……その繰り返し。

ただひたすらに、汗を垂らしながら延々と振り続ける。

「む、すでに話がついている者もいるのか。けっこうけっこう。……君。君は才能と対話できると見える。そうではないか?」

先生が僕に話しかけてくる。

「対話か！　どうかは！　わかりま！　せんが！　身を！　任せる！　事で！　剣線は！　見えてます！」

「ならばけっこう、次は剣線が現れる前に剣線を選ぶのだ。技を習得するには、才能の先を行かねばならん。才能を追うことをやめるな、追い越せ。それが技への入口だ」

「わかり！　ました！」

とは言ったものの、そんな簡単にできるわけもなく、ひたすら才能を追っていくばかり。

疲れた腕が重く、剣筋がぶれ始める。

それでも、何とか修正しながら、剣を振るい続ける。

その間も先生は、生徒に檄を飛ばす。

「疲れたからといって剣を下げるな！　魔物は待ってくれないぞ！　死ぬ気で振るうのだ！　でないと死ぬからな！　限界を決めるな！　限界になれば体が教えてくれる！」

……精神論だ。

が、ともかく剣を振るう、振るう、振るう。

剣筋がぶれることもしばしば、でも才能を追い越したと感じられたこともたまにあった。

……振り始めてから何分経った？　わからん。とりあえず振るう、振るう、振るう。

魔力操作で身体強化をしながら振るう、振るう、振るう。

3

……気がついたら、その場に座り込んでいた。

体が重い。

どうやら気を失っていたみたいだ。

いつそうなったかはわからないが、気を失う直前には、気力だけで振っていたという事は、なんとなく覚えている。

「君は平民だな。平民にしては振れていたほうだ。貴族はここに来るまでにすでに鍛錬した経験があるからな。……君の振っていた時間は一時間と十分だ。他の貴族たちのように、三時間みっちりと振れるようにならねばな。そのためには、まずは慣れろ。魔力操作で身体強化をすることはいい。だが、それはまだ早い。今は身体強化に逃げるな。君は才能と対話できているようだからな。……他の貴族たちは、君のように才能と対話するまでには至っていない。しかし、戦場で最後まで立っていられるだけの体力はあった。となれば、君はもっと体力をつけなければならない。今後も鉄迎派の戦闘訓練に参加することだな。最低でも三時間は振っていられるようになれ。でないと魔境で活動するのは厳しくなるぞ。奥に進むために、敵との戦闘を避けられないことがあるし、連戦を強いられることだってあるからな。体力がなくて撤退せざるを得ないことはあるが、それまでの時間が短いというのは悲しいことだ。……三月いっぱいは戦闘訓練だからな、今のうちに体力をつけることだ。……以上だ。今日の授業の時間はもう過ぎているから、汗を流してしっかりと食事をし、ぐっすりと眠ることだ。まあ、平民では、三時間も振れるほうが珍しいのだ。時間はまだある。頑張るように」

「……はい」

そうか……貴族たちは三時間みっちり振れたのか。凄いな、そこまで努力してきているんだな。

僕だって魔境で活動したいんだ。こんなところで傲慢さんに呑まれているわけにはいかない。

三時間みっちり振れるようになるために、明日からも朝の七時になったら修練場に来よう。

時刻を確認する……十時十五分か。けっこうな時間気絶していたんだな。

……まずは帰ってシャワーだ……シャワーヘッドないけど。

体力はまだ回復しきっていないが、気力を振り絞って寮に帰るのだった。


さて、汗を流して、ご飯を食べて、少しゆっくりしたあと、また刺繍をやっております。

……明日でできあがると思うんだよね。

でも、ちゃんとした刺繍も始めないといけないいんよね。

刺繍だけは、学術院にいるあいだ、ついて回りそうなんだよなあ。

しかし、ぐっすり眠れと言われてはいるんだが、休めとは言われてないからよしとしている。

でないと、いつまで経っても刺繍が終わらないからね。

さて、いろいろとあって短い一日ではありましたが、もうちょっと頑張ってから寝るとしましょうかね。

第四十七話　一月八日　黎明派ゼミ豊穣会、いきなりの粉ひき所

1

地下の部屋からおはようございます。

今日は一月八日です。そうです、豊穣会ゼミの日です。

どうも、ヘルマンです。

朝の日課の水浴びを終えて、食事をして、今は部屋にいます。

簡易刺繍も終わりまして、ちゃんとした刺繍――本刺繍としましょうかね、本刺繍に手をつけていますが、まだまだ終わりそうもないですね。

魔杖のほうはというと、精霊樹の苗木は順調に育ってまして、一メートルを超えました。

持ち手になりそうな部分はそんなに太くないので、僕のは長く細い魔杖になりそうです。

楽しみですね。まだ葉っぱがついているので、できあがりではないですけど。

鉄迎派の講義も、あれから毎日受けています。……まだ三時間ぶっ続けでは体力が持たないので、

倒れて気絶してそこで授業が終わりになっているんだが。まだまだ鍛錬が必要ですね。

鉄迎派には入らないけど、鍛錬は確かに身になる。

魔境に向けてしっかりと体力づくりをしていかないとね。

さて、今日は初めてのゼミなので、少し早いですが、五番棟の〇三〇四号室に移動しましょう。

2

時刻は一時四〇分、授業開始二〇分前だ。

まあ、メラニーさんがいないと話がややこしくなりそうなんだけど。

とりあえず、中に入って待つことにしましょうかね。

「お邪魔します」

「はーい。あら、初めましての子ね。入って入って」

犬獣人と思われる人が出迎えてくれる。

その人に案内されて、空いている席へ、……メラニーさんはまだいないな。いてくれるとありがたかったんだけど、まあいないのは仕方ない。

借りてきた猫のように大人しくしていましょうか。

部屋にいるのは九人、まだ増えるんだよね、始まってないんだもの。

まだかな……まだかな。

……二時になりました。

メラニーさんは本当にギリギリに来ました。

僕を見て、おー来たんだ、みたいな顔をしてたのはなんでなんだろうね？

誘ったのはメラニーさんだぞ？

まあいいか。

それよりも時間だ。

ここにいるのは、僕を含めて十五人。男六人に女九人という人数構成だ。女性の方が多いんだね。

まあ、みんな錬金術師、互いに性別を意識しているかわからないが。

時間だな、という言葉とともに、ある男が話し始めた。

「さて、今日は新年の集まりだが、ここに新顔がいるのは珍しいな。自己紹介が必要だな。私はこのゼミの長、ブルース＝キャンベルだ。君の名前を教えて欲しい」

「はい、僕の名前はヘルマンです。今回はメラニー＝カッセルさんに紹介されてここに来ました。一年生です」

「ほう、一年生とは本当に珍しい。メラニー、君は彼にここがどんなゼミか説明したのかい？」

「まあ、簡単にはね。年中採れる農作物や香辛料、治水を主とするゼミだとは伝えたよ。本人の錬金術師としての理想がこのゼミに近かったから誘ったまでだ」

「伝えているのなら問題ない。ゼミの内容も知らずに来たわけではないということはわかった。……それで、一年生が、自身の錬金術師としての理想を持っているのは珍しいが、君は錬金術を何に使いたいんだい？」

「僕は錬金術で食生活を豊かにしたいと思ってます」

「ふむ、食生活を豊かにか、確かにこのゼミの趣旨とは遠からずといった感じだな。セレナ女史、彼も加えてよろしいか？」

「いいわよー。それにしても食生活ねー。農作物を作れればいいかなとは思っていたけど、具体的に食生活ってところにはいったことがないわねー、このゼミも。他のゼミでも知らないわー。でも食生活っていうのは、たしかに黎明派の教義の内容に含まれると思います」

「セレナ女史の許可も出たことだし、他のみんなにも意見を聞こう。反対の者は挙手を――ないな。では、ヘルマン君だったね、君の豊穣会入りを歓迎するよ。このゼミに残って研究するもよし、外に出て広めるもよし。錬金術師としてのやり方はいろいろだ。そのあたりは、ゼミが拘束することはない」

「はい、ありがとうございます」

「では、去年から継続していることや、新たに着手したことの報告があれば、各自お願いする」

「では、俺からよろしいか――では、始める」

ゼミ生の一人がそう言って話し始めてから、しばらく、次々と発表されるみんなの研究報告を聞いている。

治水の方法、効率のいい水路の作成とかため池の作成活用方法などのわかりにくいことから、作物の種の作成とか今育てている作物の特性とか、いろいろなことが報告されている。

聞いていると、錬金術ってなんでもできそうな気がするからやばいよね。

……すべての報告が終わったのは四時間くらい経ったころ。

聞き専の僕も楽しくて、あっという間の四時間だった。

というか、そんな作物があるなら、なんで普及させてくれないのかと思うものもあった。

冬でも育つ芋とかいいじゃん。芋は蒸したり焼いたりいろいろ使えるよ。……蒸す料理ってまだ食ったことないんだけど。

そんで、ひととおり終わったのか、僕に話が振られた。

研究なんてまだ何もしていないんだけど!?

3

「ヘルマン君は食文化を豊かにしたいと言っていたが、今の食生活が不満なのか？　貴族のあれはともかくとして、平民の食事はまあ割と食えると思うんだが」

「貴族の食事は食べたことないんですが、香辛料マシマシのお金がかかった料理って事でいいんですよね？　メラニーさんにも聞いたんですけど」

「ああ、あれは酷いものだな。口の中が痛いし、臭いもきつい。もう少し量を加減してくれればいいとは思うんだけどな」

「そうなんです。香辛料は加減をちゃんとすれば美味しい料理になるんです。それなのに香辛料って高いしで、平民食になっていないんです」

「香辛料は年中採れるが、貴族用にしか作っていないんじゃなかったか？　平民は痛いし辛いしであまり食べていなかったと思うんだが」

「まあ、あの味なら食べたくないのもわかるがな。癖が強すぎる。保存には向いてるんだがな」

「獣人にとっては匂いがきついものはそもそも駄目なんです。少量でさえ無理なものもあります」

「それに麦粉だって平民には普及していないんです。麦粉って今はどうやって作っているか知りませんか？」

「麦粉か？　麦粉ならパンと一緒に作るだろう？　確かゴーレムにひかせていたんじゃなかったか？」

「ああ、寮の料理担当にゴーレムを貸し出していたと思うんだが？」

「そのあたりは他のゼミがやっていたんじゃないかね？　手作業は面倒だと言っていたから」

「メラニーさん、魔力操作の授業で使った奴を貸して欲しいんですが？」

「練習箱かい？　いいよ。ここに出してもいいかい、ブルース」

「ああ、許可しよう」

「これで、こんなものを作るんです。この円柱のあいだのところにこうやって溝を彫って、で、支柱を伸ばしてここを車輪のようにしてこうです。そうすると、ここを回せばこの円柱の穴に麦が入って行って溝で砕かれて麦が粉になって出てくるんです。動力はアンデッドでもいいと思います。アンデッドの方がメンテナンスが要らないんですよね？」

「たしかに回すだけであれば非力のアンデッドでも十分だと思うが、……これでそんなに簡単に粉になるのか？　今のゴーレムよりも効率がいいか試してみるか。よし、実験場で試してみよう。……そうだった、ヘルマン君はまだ一年生だったな。もう少し、詳しく解説してくれ、我々で作ってみようじゃないか」

そんなわけで、練習箱の中に、二階建て建屋くらいの、風力式じゃなく人力……アンデッド力で回す、巨大な石臼を想定したサンプルを作ってみた。

これが普及すれば、平民でも粉物を簡単に作れるようになるんじゃないかって思うんだよね。

そしたら、思ったよりも食いついてくれたので、溝の向きを逆にしたほうがいいとか、上の円柱をすり鉢状にすると麦が入りやすいとか、いろいろと詳しく説明した。

4

三〇分くらい説明したところで、さっそく実験場でやってみようということになり移動した。すぐ裏にある建物は、潰したら駄目らしく、ある程度奥に行ってから、魔杖を使って改装していった。

ゼミ生たちは魔力茸や魔石をポンポン投げて、魔杖を使って錬金陣を魔力で描きつつ、なんかよくわからんことをやっている。

凄いことなんだけど、これを言葉にできない。語彙力が欲しい。

そんなわけで、アンデッド動力の巨大石臼の実物が完成した。……早すぎるよ錬金術。便利すぎるよ錬金術。

「さて、これでヘルマン君が説明してくれた物ができたな。さっそく麦を入れて試してみよう。アンデッドは私の物でいいだろう。麦を持っている者はいるか?」

「麦なら僕が持ってます」

「じゃあヘルマン君。麦を入れてみてくれ」

ブルースさんがアンデッドを四体出現させた。彼が命令すると、アンデッドが上の階層へ向かう。

僕も、麦を流し込むためにあとを追う。

僕がたどり着いたときには、アンデッドたちは巨大なハンドル全員で押して、石臼を回し始めていた。ちゃんと回っているね。

すり鉢状になったところに麦を流し込む。……あとは、麦が粉になって出てくるはず。

下の階層に戻ると……麦粉が出てきた。

実験は成功だな。

粉の受け口をななめにしてあるから、なんとか一か所に集まってくれている。

とりあえず保存瓶に入れているが、僕の麦粉だ、何に使おうかな。

「粉になったな。……効率はどんなもんだ？」

「正直わからん。ゴーレムに粉ひきをさせた場合の効率を知らんからな」

「食堂の方を呼んできましょうか。明水寮ならここからいちばん近いですし」

「頼む。大急ぎで行ってきてくれ」

その場で待つこと三〇分ほど、そのあいだに、巨大石臼は麦粉をどんどん生産してくれている。

僕も保存瓶にいっぱいの麦粉ができてホクホクだ。

とりあえずパスタを作ってみたいよね。卵は購買に売っているだろうか？　食材もけっこう売ってたからあるといいんだけどな。

やがて、ゼミ生に連れられて、食堂の人がやってきた。

「来たな。すまんが確認してほしい。これで麦を粉にしているんだが、効率はどうだ？　ゴーレムが粉ひきした場合と、どのくらい差がある？」

ブルースさんが質問するが、食堂の人は、巨大石臼の受け口から出てくる麦粉を見つめて、黙ったままだ。

これの効率の話をしているんだが……よくないんだろうか？

「どうした？　悪いなら悪いと言ってくれてかまわん」

「とんでもない！　……なんですかこれは！　凄まじい効率です！　今までのゴーレムの何万倍も速いです。それにこんなに細かくなって、これがあればパンも作りたい放題です！」

「そ、そうか。それは何よりだ」

「これの！　これの実装はいつですか？」

「うむ、実装はすぐにでもできるが、幽明派の助力を取り付けなければ。なにしろアンデッドを動力として使えるのだ。彼らの力も借りたほうがいいだろう」

「それなら私が行きましょう。アンデッドをたくさん持っている者もいるでしょうし、この食堂の方の様子ですと、他の食堂、ひいては他の寮にも実装したほうがよさそうですからね」

「なら、各自で各寮にこれを実装しよう。……名前が欲しいな。ヘルマン君、これの名前は何にするかね？」

「え!?　……そうですね。粉ひき所でいいんじゃないでしょうか」

「粉ひき所か。……わかりやすくていいじゃないか。では、みんなは各寮に移動して、第三食堂近くの空き地に、粉ひき所を……そうだな、とりあえず三か所作ってくるように」

「「「「了解」」」」

ゼミ生の先輩たちがいっせいにうなずいて、移動を開始する。

……なんか規模の大きい話になってきたぞ。

食事改革の始まりだな。

粉が余ってくるってことは、料理研究にも使えるだろうし。

さあさあ料理人よ。張り切ってくれ。

できれば美味しい料理を寮でふるまって欲しい。

そうだな、麺とかいいよな。

どうなるだろうか。

しかし、即日実装か、行動が早いって素晴らしいな。

「さて、あとはこの件を錬金学術院に報告しなければならないんだが……君にはまだ荷が重いだろうから、私がしておこう。もちろん、君の名前も入れておくから、安心してくれたまえ」

「何を報告するんですか?」

「この建物の作り方と使い方をまとめ、錬金学術院の学術図書館に納めるんだ。その内容が精査され、さらには、これから各寮に作られる粉ひき所がどう運用されるかが判断されて、その結果、有用と思われれば、各錬金術ギルドへまとめを複写した物が配達される。これには開発者としてヘルマン君の名前が残ることになる。賞金も多少は出るぞ。……半分は豊穣会に収めてもらう事になるが。本当は、さきにそのへんの説明をしておいたほうがよかったんだが、さすがに一年生が、来た初日にこんなものを作り出せるとは思わなかったからな」

「うふふー、ゼミ長の予想を超えて行ったのねー。でもうれしいわー。ここのところ、報告の必要なものは作っていませんでしたもの」

「そうだな。二十五年ぶりか？　私の記憶では、この前は香辛料の種の登録だったと思うが。有用なものが作られるのはいい。黎明派に所属していていちばん気持ちがいい瞬間だからな」

「今日はこのまま解散かしらねー。各寮に行くにも時間がかかるでしょうし、一から作るでしょうから、おそらく完成してからみんながもう一度集まるなら、そのころには夜になってしまうわねー」

「……解散に賛成。教室には私が残ります。いちおう、誰か帰ってくる可能性もありますからね。それに報告書も早めに書いてしまいたいですし」

「任せるわー。それじゃあヘルマン君もまたねー。できればどんどんこんな発明をしてくれると嬉しいわー」

「は、はい。全力で何かしら考えます」

「そんな肩肘張らなくてもいいのよー。……でも人間だものねー。生き急ぐのも無理ないわねー」

「セレナさんは……ドライアド、ですよね？」

「そうよー。人間よりも寿命が長いからねー、私たちは」

「セレナ女史は豊穣会の創設者の一人でもあるそうだ。……他の者たちはすでに亡くなっているから確認が取れないのだが、本人がいるからな」

「私たちが豊穣会を作る前は、野菜だって原種しかなかったのよー。いろいろと改良して、今のように畑での生産に向いた物になっているんだから。……年中採れるものだって、簡単には作れないのよ。作れるけど味が悪かったりするの。なかなか思うようにはいかないわー。でも、大綿花は有名になってくれたわね。あれはいい仕事したと思うわー」

「大綿花も錬金術でできたものだったんですね。不思議な植物だと思っていたんですよ」

「うふふー。そうよねー、不思議よねー。でも、昔の平民は上半身に服を着てなかったのよー。私はそれが不便だと思って、だから作ったのが大綿花。平民だって着飾りたいものね」

「なるほど、歴史あるゼミなんですね」

「そうでもないわよー？　もっと歴史の長いゼミもあるもの。ただ、結果がともなわず、失くなってしまったゼミが多いの。それに、新しいゼミだって次々できてくるしね。それだって、どれだけが次の世代に受け継がれて残るかはわからないものなのよー。このゼミだってどうなることやら」

「……次のゼミはいつとか決まってるんですか？」

「まだ決まっていない。一か月後くらいにしようと予定はしているが。……ゼミの告知を複数貼ることはできない。最新のゼミが終わらないと、次のゼミの告知をしてはいけない決まりになっているんだ。そうしないと、壁が告知で埋まってしまうからな。とはいえ、豊穣会は毎月中頃に集まるようにしているがな。今回は少し早かったんだ」

「そうだったんですね。時間が合えばまた来ます。それまでに何か考えときます」

「ああ、発表がある方がいいからな。なければないで勉強になるだろう」

……こうして、僕の初めてのゼミは、無事どころかいい感じに終了した。

次のゼミまでに何かしら便利な物を考えておきたいな。

さ、寮に戻ったら、本刺繍の続きをやりましょう。

その前に夕食をと思って、食堂に寄ってみたら、ああ、晩ご飯のパンの札がたくさんになったのを見てにやけてしまった。

でも、パンももっと進化してほしいんだよな。エールを混ぜるだけでふっくらパンになるんだもん。料理人よ、気づいてくれ。

美味しいパンが食べたいんだ。

第四十八話　一月九日　料理を作りますよ

1

地下の部屋からおはようございます。今日は一月九日ですよ。

どうも、ヘルマンです。

ご飯を食べて、購買で買い物してきましたよ。

そうです。卵や何やらを買ってきました。

パスタを作りましょ。

とりあえず準備したものは、麦粉、卵、塩、オーク肉、唐辛子っぽいもの、ニンニクっぽいもの、黒コショウっぽいもの。

前世の僕が、素人でも簡単に作れるパスタといえばこれだ、と言うので、ペペロンチーノっぽいものに挑戦してみましょう。

とりあえず、午前中にパスタ麺を仕込んで、鉄迎派の戦闘訓練を終わらせてから、晩ご飯のあとに作ろう。

まずはパスタを作ろう。

麦粉に卵、塩を入れて、スプーンで練る。

ちょっとボソボソ過ぎるので、水を少し追加して練り練り。

塊になってきたら手で練り練り。

ここまで来れば、なんとなく知っている形になってきましたよ。

……これくらいの硬さで十分だろう。生地を寝かしましょう。

料理の才能がないので、上手くいくかわからんのがつらいところ。

少量よりも大量のほうが、初めての場合は作りやすいとかなんとか聞いた覚えがあったので大量に作ってしまったんだけど、どうしようね？

とりあえず、保存瓶に入れて寝かしましょうか。悪くはなるまい。

今晩の分は布でも掛けて机の上に置いておきましょう。

どれくらい寝かすのかとか知らないから、とりあえず長めに寝かしてみましょう。

失敗しても気にしない。どうせ夕食後のおやつ感覚で食べるんだから。

2

その後は刺繍をして、鉄迎派の戦闘訓練を受けてきた。

昨日あたりから三時間倒れずに頑張れているんだよ。……でも、終わると腕が上がらなくなってしまう。

こうなると、何をするにも大変なんだよね。

シャワーヘッドが欲しいなあ。

と、いろいろとありましたが晩ご飯ですよ。

パンの札も増えて、いいことをしたと実感するよね。

……そしてパンを食べてちょっと思った。あれ？　前のパンよりもふっくらしっとりしてるんだけど……。

これはパン生地練ってから少し時間を置いたな？　自然発酵しているみたいだ。

ちょっと厨房に食器を返却するときに聞いてみよう。

「すみませーん、ちょっと聞きたいことがあるんですが」

「何だい？　忙しいんだから手短に頼むよ」

「パン生地を釜で焼く前にけっこうな時間放置してましたか？」

「ああ、麦粉が早くできるようになったからね。練っておけば、あとは焼くだけだからね」

「たぶんそのせいだと思うんですけど、パンがしっとりやわらかくなってました」

「何だって？　……本当だ。いつものぱさぱさした感じがなくなってるな」

「料理の才能を持ってますよね？」

「ああ、料理の才能はある。……俺の料理の才能でも、放置した生地のほうがいいパンが焼けるって感覚はあったんだ。粉の質だけじゃなかったのか」

「粉の質もあるんでしょうけど、たぶんパン生地を練って放置していたら、料理の才能がいい方向に仕事をしてくれたんだと思います。……明日の朝のパン生地も、今晩のうちに練っておいたほうがいいんじゃないでしょうか」

「……うん、俺の中の料理の才能も、そのほうがいいって答えを出しているな。今晩からそうしてみるか。他の食堂にも言ってやらにゃあな。ありがとよ、少年」

「いえいえ、僕も美味しいものが食べたいので」

まさか麦粉の製粉速度が上がったせいで、料理の才能が仕事をして自然発酵するなんて思わないじゃないですか。

こんなことにまで影響するとは思ってもみなかったな。才能の力って本当に理不尽。

3

さて、思ってもいない美味しい食事をいただいたところで、本日のメインに移りましょう。

部屋に戻って、まずは放置しておいた生地に麦粉を振りかけて薄く伸ばしていきます。

麺棒はないので保存瓶でゴロゴロとしますよ。ポーション瓶でも良かったんだが、割れるのが怖かった。だからデカいけど、保存瓶で我慢だ。

……いい感じに薄くできましたので、麦粉を塗《まぶ》し、何重かに折ったものを、包丁もないので投げナイフで切っております。

まあナイフだし、いいじゃないですか。切れれば問題ナッシングです。

……ちょっと幅広麺になったような気もしますが、しょうがない。そのへんは才能がないので諦めよう。

さあ、お鍋に水と少しの塩を入れてから、スライム燃料で過熱していきます。

水が沸騰したらパスタ麺を投入、三分くらい火を通します。

茹で終わったら、今度はフライパンに、砕いたニンニクっぽいものを入れる。

匂いで選んだからどうなるかはわからんが、美味しくなればいいなあ。

そこにオーク肉を投入。脂と肉が欲しかったので。

ペペロンチーノにはベーコンも入っていたような気もするから、オーク肉を入れてもいいよね。

そんで、砕いた唐辛子っぽいものを投入。こっちも匂い採用。赤いし大丈夫でしょ。

そして待望の麺を投入、茹で汁も切ってないよ、一緒に投入した。

これで脂がうまい具合に混ざりあってくれれば言うことなし。

……大体こんなもんじゃないかな。

お皿に盛り付けて、黒コショウっぽいものを砕いて振りかけて完成。

オーク肉のペペロンチーノです。

見た目は不格好。でも、暴力的なまでにいい匂い。

問題は味。

では、実食。

……幅広麺のせいでちょっともったりしているけど、味はなかなかにいいんでないかな。

料理の才能なしにしては上等なんじゃない？

もうちょっと習練してから、豊穣会に提出してみよう。

そういえば、ゼミの先輩には、猫獣人と犬獣人がいたけど、……大丈夫かな？

基礎は人間だし、香辛料も育ててるみたいだし、きっと大丈夫、匂いは知らんけど。

匂いは暴力的に美味しそうなんだよなあ。

まあ、無理なら食べないでしょ。

……お腹もいっぱいになったし、刺繍をしてから寝ることにしますか。
でも、まだ暴力的に美味しそうな匂いが部屋に漂っている。
明日には消えているといいなあ、と思いつつ、刺繍を開始。
この糸使い切ったら刺繍が止まってしまうが、どうしようね。
刺繍糸の錬金方法をゼミで教えてもらうことにしよう。そうしよう。

第四十九話　二月十一日　ゼミの日、報奨金が出ました、種油、お茶請けペペロンチーノ

1

自分の寮の部屋からおはようございます。今日は二月十一日ですよ。

どうも、ヘルマンです。

前回の豊穣会のゼミから約一か月、ようやく次のゼミの日がきました。

楽しみにしてたんですよ。

あれから麦粉を使った料理を二品ほど作ったんですよ。

ペペロンチーノとパンケーキです。

ペペロンチーノの作り方はこの前と一緒。

変わったのは僕の技術だけ。麺が細くなりましたよ。

あれから、ついに簡単なほうの魔杖ができたので、捏ねるのも生地を伸ばすのも、切る前に麺を伸ばすのも魔力操作で簡単にやってしまっている。

おかげで薄く四角にできるから長さも均一になっていいことづくめ。

切るほうは、単純に自分の技術が上達した。料理人じゃなくて錬金術師なんだけどなあ。

パンケーキも、面倒な部分は魔力操作でやっちゃってます。

卵の黄身と白身を分けるのも、魔力操作でささっとできちゃう。楽ちん！

んで、白身に砂糖を入れて、魔力操作でミキサーみたいに混ぜ混ぜ。

とろっとろに混ざったら水と黄身を投入。全体が黄色くなるまで魔力操作ミキサーで混ぜ混ぜ、魔力操作マジ便利。

錬金術の前に魔杖使っちゃってるけど、まあいいんじゃない。

で、そこに麦粉をドン。しっかり混ぜて、これで生地ができました。

そのあとは、フライパンにオークの肉の脂身を溶かして生地を広げ、両面を焼いたら完成。

……オークの脂身を代用しているのは、質のいい油が高いから。

食料品として売っている脂は、基本、お肉にくっついているものだけ。

それか、その脂を一回溶かして布で濾したものを、化粧品というか生活雑貨のほうに置いてあるだけ。

たぶん、ほとんどオーク油だと思うんだけど、常温だと若干固形よ？　そこに、香草なんかも混ぜてあるんだろうね。それを売っている。

男は別にしなくてもいいいんだよ。女だけ。お金が掛かっているんですよ、女の人って。

香辛料を年中採れるようにしているんだから、たぶん香草も同じで、年中採れるようにしているんじゃないかな。

それと、オーク油の生成物っていえばいいのかな、それを使って髪油を作っている。

貴族が髪の毛に塗りたくるのでテカテカなんですよ。

ロングの人は大変なんだ。くっつかないように櫛で梳かさないといけないから。

なぜかショートの貴族は後ろ指を指されるんだと。しかも、平民落ちしてもずっと言われ続ける。

本当に貴族って大変。

メラニーさんもテカテカだったよ。

ブルースさんたち男の人は付けている人がいなかった。……一人、鱗竜人だけスキンヘッドでテカテカだったが、あれは剃ってるだけと思われる。

バリカンなんてないから、たぶん剃刀でやってるんだろうな。

姿見も持ってない僕には無理だし、スキンにはしたくないのでいいんだけど。

姿見も、女性は持っているんだろうな。それも錬金術で作れるんだろうか。

錬金術大辞典には載っていなかったんだよね。

鍛冶屋で作るのかなあ。それも高そうだよなあ。

まあ、そんな事はともかく。

2

五番棟〇三〇四号室にやってきました。

前回もここだったし、毎回ここなのかな？

他のゼミと被るときもあるだろうから、毎回ここではないのかもしれないが。

とりあえず二〇分前に着いて待っている。でもすでに僕以外に八人もいるんだよな。

男性は全員集合している。

あとは女性組だけど、獣人組が三人だけ。他の人たちは時間が掛かるのかもしれない。

……セレナさんはのんびりしてそうだから、いつもギリギリなんじゃないだろうか。

そういえば、女性には、平民落ちした貴族が三人いる。髪がテカテカだからわかりやすいんだよね。メラニーさんもテカテカだ。

そういえば、ハーフリングで、めっさ髪が長い人がいて、髪はテカってないから平民のはずだが、髪を畳んで編んでいるのに、地面に届きそうなんだ。

なんでそんなに伸ばしてるんだよって思うが、それがいいんだろう。

他の平民組はミドルかショートなんだけどなあ。

あとは、なぜか獣人組の三人から匂いを嗅がれるんだけど。

相手を匂いで識別するタイプではないと思いたいね。

まあたぶんペペロンチーノの匂いが染みついているんだろうけど。

……そんな事を考えていると、時間ギリギリに次々と人がやってきて、これで全員揃った。

ブルースさんが時間だな、と言って話し始める。

「さて、今月の豊穣会の報告会を始めるか。まずは、前回の粉ひき所の件だ。あれから総務部に報告書を提出した、そうしたら早くも報告結果が出た。大魔金貨五十枚の報奨金が出たぞ」

「「「「「おおー」」」」」

「豊穣会の会則に則《のっと》って、半分をヘルマン君に、もう半分を豊穣会の活動資金に当てるが、異議はあるか？」

「「「「「異議なし」」」」」

「では、ヘルマン君、この大魔金貨二十五枚は君の分だ。受け取りたまえ」

「は、はい。ありがとうございます」

「では、粉ひき所の件はこれで終わりだ。他に報告がある者はいるか？」

「では、俺からいくつか報告がある。粉ひき所にも関係してくる話だ。——では、始める。粉ひき所を使って麦を粉にできたから、他にも粉にできるものがないかと思って、いろいろと粉にしてみた。特に今まで使いにくかった香草や香辛料の類だな。それを粉にして、市中の料理店に試供品として渡し、使い勝手を試させている。料理の才能がある奴がちゃんと使えば美味くなるんじゃないかと思ってな。ブルースも言ったろう？　量を弁えれば美味いものになるんじゃないかとな」

「確かに言った覚えがあるな。少量ならと」

「ああ、だから粉にしてみたんだ。粉にすれば少量で使いやすくなる。少量なら美味いもんができても不思議じゃないと思ったからな。要は今までの使い方、大量にぶっこむのをやめりゃあ普及するんじゃないかと思ったわけだ。……そのへんの発想はヘルマンからもらったものだがな。結果としては上々だった。特に肉や魚といったものによく合うとのことだ。あとは、酒が進むとの報告があったな。今はそんだけだが、今まで生産を絞っていた香草や香辛料も、粉ひき所と一緒に広めてもいいかもしれねえ」

「なるほど、粉ひき所からさらに発想したということか。麦以外にも使えるようにする必要があるということか？」

「そうだ。実や葉、種の場合、大きすぎたらあの粉ひき所で粉にするには砕かにゃならん。だから、それらを砕く物も作ってみた。これが報告書だ。ある程度まで細かくなりゃあいいからって発想で作ってある。動力も同じようにアンデッドを使う前提だ。こいつも広めてもいいんじゃないかと思う。粉ひき所の動力とつなげて運用すれば使いやすいだろう」

「……なるほど、石臼の上にこれを設置するだけでいいんだな。わかった。改良案として提出してくれ」

「ああ、総務部に出しておく。……あとは、いろいろと粉にしたって言ったろ？　前に苦いだけで美味くもない実の種があったんだが、それを粉にしたら油になった」

「「「は？」」」

「いや、俺もよくわからんのだが、ともかく粉ひき所で砕いてから粉にしてみたら、油になったんだ。粘りもあるし、水に混ざらずに浮いたし、火も付いた。だから油で間違っていないはずだ。いちおう現物も持ってきてある。濾してないから殻が浮いているが、確かに油だと思うんだよ」

そうして出た油？　を、油に詳しいであろう元貴族の三人が手にしている。

指で少し掬って、手の甲に伸ばしたり、匂いを嗅いだりいろいろとしている。

……だんだんと興奮してきているように見えるんだけど、大丈夫かな。

植物油って見つかってなかったんだね。

たしかに、圧力をかけて磨り潰すわけだから、油が絞れても不思議じゃないよな。……効率は悪いんだろうけど、たくさん種が採れるんなら、それで十分なんじゃないかな。

「これはたしかに油だわ。オーク油よりもやわらかくてさらさらしてるわね」

「それに匂いも癖がなくて使いやすそうよね」

「常温で液体なのがいいですね。オーク油は若干個体に近いし、これで髪を整えれば楽そうよね」

三者三様の感想だが、比較的いい感触のようだ。

若干興奮しているところを見ると、髪のケアの手間のことを考えているんだろうな。

みんな髪がロングだしテカテカだし、毎朝大変なんだろうな。

雑貨品のところで見たオーク油はクリーム状だったからなあ。塗るのも大変そう。

ただ問題は。

「それで、その種は量産できるものなのか」

「ああ、それは問題ない。すでに年中採れるよう改良は済ませてるし、実もたくさん生るからな。ただ、実は油にはならなかった。種しか油にならねえんだ。実に使い道がなさそうなのがなんともなあ」

「そう。それなら量産を進めましょう。これは貴族の女性には爆発的な人気になります！」

「エレーナの言うとおりね。貴族女性ならばなんとしてでも手に入れたがると思うわ。新しいものというのもいいし、質のいい油になりそうだもの」

「メラニーさん、宣伝はあとにしましょう。まずは数の確保です。二、三年のあいだは秘密にしておいて、種だけでも増やしておいたほうがいい。でないと絶対にすぐ足りなくなります」

「……そうね、マヌエラ。ケビン、村三つくらいは動かさないと足りないと思いなさい」

「お、おう。正直ここまでの事態になるとは思ってもなかったからな。……村三つ分だと、三年は欲しい。種ができるまでに二か月はかかるんだ」

「これは王領の村でやるのか？」

「いや、オーモンド領の村を使う。さすがに王領でやらせるわけにはいかんな。領の儲け話は開発者のほうに権利があったよな」

「そう言えばそうだったわね。……しばらくはオーモンド領で独占、数年後には他領でも作っていくことになるでしょうね。こういうことに関して、貴族の女性の動きを甘く見ないほうがいいわよ。私たちは、ここでの話を絶対に漏らさないと誓うけど、作物の盗難までは防ぎきれないわよ。独占したければ隠しとおしなさいな。……できれば先に融通してほしいくらいだけどね。豊穣会の好《よしみ》で」

「そのくらいはやってやるさ。極秘裏に育てて油の実験もやらにゃいかんのだ。実験用を回すといいかな？」

「領地持ちは、豊穣会ではオーモンド家だけだから戦争にならなくていいわね」

「物騒なことを言うもんじゃねえ。……急いで兄貴に連絡を取らないとな。おそらく、次回、次々回の豊穣会は出席できん。村の選定だなんだかんだで二か月は空けることになるだろうからな。次々回には間に合わせたいところだ」

「そうなると、今、オークの討伐に報奨金を掛けている家は、それを取り下げるでしょうね。……これからはオークの討伐報酬も下がるでしょうから、何かいい使い道はないかしらね」

「それはまた他の領が考えることだろう。豊穣会で、オーク油に手を着けていた、貴族家の出身者が俺以外にいたか？　こちらは種油に切り替えるから、得をする話でしかないが」

「……いないな。ならば特段のケアを考える必要もあるまい。ケビン、粉ひき所の改良は、改良案をちゃんと出してからやってくれよ。いちおう、出所が後先するのは面倒だからな。届け出てくれれば、先に領内に広げてもヘルマン君も文句はないだろう？」

「は？　僕ですか？　……いろいろな食文化が広まってくれるなら、いくらでも広げてくれてかまいません」

「そうか、じゃあそっちも広げてくるわ。錬金術ギルドには現物を一つ送って、領都には三か所ほど粉ひき所を作れば、あとはうちのギルド員が広めてくれんだろ」

3

「そろそろ、お茶にしましょうかー。話はいち段落着いたでしょー」

「む、そうだな。任せる」

「あ、僕、お茶菓子作ってきたのですが、みなさんで味を見てもらってもいいですか？」

「……ヘルマン君が作ったのか？　たしか料理の才能は持っていないはずだろう？」

「持っていなくてもできるくらいには簡単なものです。今出しますので。……お茶会がどんなものか知らないので、口に合うかどうかわかりませんけど」

ペペロンチーノとパンケーキを出す。……ペペロンチーノはお茶菓子にはどうなんだとは思うけどね。

貴族のお茶会がどんなものか知らないので、そのへんは他の人が判断してくれるだろう。

「あー、これの匂いだったのか。実は、今日ヘルマンが来たときから、ずっといい匂いがしてたから、なんの匂いか気にはなってたんだ」

「あ、やっぱり？　辛い匂いと甘い匂いがしてたよね。何の香りかと思ってたんだよ」

「特にこちらの細いほうの匂いが強いですね。辛い匂いですが、嫌な匂いではないです」

獣人の三人が口々に言う。

やっぱり気がついていたか。

……ニンニク入ってるけど、いい匂いって言ってるし大丈夫だろう。

取り皿を十五枚、自分の分も含めて取り出し、ペペロンチーノとパンケーキを取り分ける。

フォークはみんな持っているみたいだから、配らなくても大丈夫だな。

さて、味見をしたときはけっこう美味しかったけど、みんなはどうかな？

「ふむ。不思議な形をしているな。初めて見るものだが、こっちの平たいのは少し甘い匂いがするな。女性のお茶会ではこういった物が出るんじゃないのか？」

「……こんな食べ物は見たことないわね。基本、砂糖を固めた物ばかりよ。見栄えがいいからね。でももう飽きちゃったわ」

「そうよね。うちもそうだわ。砂糖細工はお茶会ではよく出るけれど、……これはパンかしら？」

「では、いただきます……これはいいわね。ほのかに甘いくらいで。砂糖はこのくらいでちょうどいいわね。お茶会で出るのは砂糖の塊だもの。ただただ甘いだけよ。……好きな子も多いけど、私はこれくらいの甘さで十分だわ」

「そうね、しっとりとしていていいわね」

「パンよりもやわらかいわね。……そういえば、最近の食堂のパンもやわらかくなりましたよね？」

「そうなのか？　気づかなかったな」

「エレーナさん、そうですよね。最近のパンは少しやわらかいんですよ」

「あら、デボラも気がついていたのね。そうなのよ、麦粉が作りやすくなったおかげなのかと思っていたのよ」

わいわい言いながらみんなが食べてくれているのを見るに、お茶請けとしては成功のようだ。

ペペロンチーノは男性に、パンケーキは女性に受けがよさそうだが。

それに、パンがやわらかくなったのに気がついてくれたみたいだ。普及してよかったよかった。

さて、お茶を飲みながらペペロンチーノを食っているが、ちゃんとなってくれてよかったよ。

初めのうちは魔力操作でできると知らずに保存瓶で伸ばしていたからなあ。魔杖のおかげだね。

「しかし、料理の才能なしで、ここまで作れるものなのか？　私は基本的に野営での麦粥くらいしか作らんぞ？」

「さあ、作れるならいいんじゃない？　これ美味しいわよねー」

「この細いのは初めて見たが、これはどうやって作ったんだ？　こんな細い物は見たことないんだが？」

「あ、それは麦粉を使っています」

「麦粉でこれができるのか……。これも一緒に流行らせるか？」

「いいんじゃないか？　麦粉をいきなり使えと言っても、料理の才能を持っている奴らしかまともに使えんからな。それもパンになればいいほうだろう」

「いちおう、レシピがあるので、流行らせるなら持っていってください。あ、写しなので返さなくていいです」

「そうか、それじゃあありがたくもらってくぜ。……写しは、この王都にも何枚か用意してもらうか。錬金術ギルドに頼めば大丈夫だろう」

「おそらく行政区に持っていくだろうが、まあ問題あるまい」

レシピを書いてきてよかった。いちおう、絵も描いたんだよね。わかりやすくなると思って。

でも、ほんとうはいろいろと勘違いしてくれるほうがいいんだよな。勘違いで少しずつ違う料理がいろいろできたほうが面白いから。

それに、植物油の普及で、オークの油が安くなるって聞いたのは、料理を作る者としてはありがたいな。

揚げ物も普及できそうだし。

……オークを狩っていた冒険者諸君にはごめんと言わないといけないかもしれないが、中銀貨五枚より下がることはあるまい。

「しかし、ケビンの作った作物を粉にしようとしただけでいろいろ起こるもんだな。俺のもやってみるか」

「私も粉にしてみたが、報告できるほどではなかったな。……市中にばら蒔くというアイディアはこちらも試してみよう。料理の才能持ちが何かしら使うだろう」

「ブルース、渡すんなら現物も一緒に渡せよ。でないとこれっきりになっちまうからな」

「……たしかにな。そうしてみよう。そのうち王都にも粉ひき所ができるから供給は問題ないだろうしな」

「おう、いくら香草や香辛料が高いったって、粉にしたらそれほどでもないんだからな。……貴族の料理みたいにはならんだろ。平民には見栄はないんだからな。俺も粉を配ったところに粉ひき所がそのうちできることを伝えなきゃな」

いろんな人が、粉ひき所を使って香辛料をひき始めたら、勝手にブレンドされるかもな。

ブレンドを覚えたら、きっとカレーみたいなものもできてくるぞ。

これは楽しいことになりそうな予感がする。

他の人たちのああでもないこうでもないを聞きながらペペロンチーノを食べ終わり、パンケーキを食べるのだった。

パスタのレシピは第一食堂の料理人にも見せよう、そうしよう。

そうすれば、スープのメニューが増えるかもしれんからな。

第五十話　オーモンド伯爵領は実験場？　髪を洗う錬金アイテム、月に惹かれた子

1

まだまだゼミの真っ最中。

さてさて、小腹も満たしたことですし、続きといきましょうか。

……といっても、みんなは、僕にはなかなかにむずかしい話をしている。治水なんかはわからんことが多すぎて、ふんふんと聞いていることしかできない。

セレナさんが淹れてくれたお茶は美味しい。そのくらいしかわからない。

まあ、僕はわかる話だけ参加しましょう。

特に作物の話。こっちはわかりやすい。

「今育てている芋は、育てることで土地が肥える特性を持っていることがわかったわ。ただし、その芋を連続で育てると、豊作にはなるんだけど、今度は痩せ過ぎるということもわかった。だから、この芋を効率よく育てるには、何か別の作物を挟む必要がある。そうすると芋が採れる、土地が肥

える、他の野菜が豊作になる、芋が採れる、土地が肥える、他の作物が豊作になる……を繰り返すことができるわ。これもどこかの畑で実践したいわ。今空いている村はないかしら？」

「王領を借りるんだからそう簡単にはいかんだろ。麦には効果がないのか？」

「残念ながら麦には効果がなかったわ。耳にタコだろうけど、あれは一定以上の土地であれば必ず豊作になるっていう品種よ。逆に一定以下にするほうがむずかしいもの。芽生えの時期に快命草を放置しすぎなければ豊作になる品種なのよ？　その麦をこれ以上豊作にすることはできないわ」

「であれば申請をしても通るかどうか。今の王は錬金術を軽視していらっしゃる。魔術師学校のほうに注力しているという話だ。王領を借りるのはむずかしいだろう」

「無能が王になると下が苦労するのよね。……暗殺とかできないかしら」

「物騒なことを言うもんじゃないよ。今の王でも二代前の王よりましなんだから」

「貴族至上主義を唱えた王だっけ？　なんでそんな無能を担いだのよ七公は。……統治の才能があったからでしょ。わかってるわよ。統治の才能がないと土地が痩せるんでしょ？　しかもちゃんと王国だけ認識するんだから本当に才能って謎よね」

「まあ、これに関してはオーモンド領でどうにかできないか？」

「うちの領はこれから種油の生産を始めるんだぞ、実験場を選ぶ手間がさらにかかるんだが？」

「三つも四つも一緒でしょ？　野菜を主に作ってもらうだけよ。そうだ、いっその事、香草や香辛料も育ててもらいなさいよ。ヘルマンじゃないけど食文化が豊かになるわよ」

「麦の配分もあるんだ。なかなかにむずかしいんだぞ、調整をすることは。農家にもいきなり他の作物を育てろと言うんだからな。なかなかに骨が折れる。それを野菜もやれというのはさすがに無茶だ」

「麦の供給さえ途切れなければ問題ないのであれば、行商人を多く抱えればいいんじゃないでしょうか。各村の麦と野菜を交換するようにすれば、野菜を作ってもいいという村も出てくるんじゃないですか？　どちらにしろ麦は余っているんですし」

「麦が余っていると言っても、いきなり他の野菜を育てろと言われるんだ。反発がないわけじゃない」

「なら巻き込む村を増やしなさいな。それぞれの村の中で、麦を作る農家と、野菜を作る農家を分けるのよ。そうすれば村の中で回るじゃない。納得する農家だけを抱えるのよ。そうすれば九つくらいの村で収まるでしょ」

「それだと機密がなあ。独占期間が短くなってしまう。種油の貴重性を考えればあまり独占しないほうがいいのかもしれないが……」

「いっその事、領内すべての村で種油を育ててみませんか？　冬は麦を育てる時季ではないんですし、その間に種油の実がたくさん採れるんじゃないですか？　専業でなくともよいならやってくれるんじゃないでしょうか？」

「さすがに機密も何もなくなるだろう。種油もタダじゃないんだから」

「いえ、平民にも買わせればいいんですよ。顧客が貴族だけじゃないなら採算が取れませんか？」

「平民にも油を使わせるのか⁉　……平民の女性も髪をテカテカにしたいのか？」

「できるならしたいわよ？　費用と手間がかかるだけで」

「そうよね。綺麗になれるんだもの。安ければ買うわよ」

「錬金アイテムを作れないんですか？　種油を使って髪を綺麗に洗うことができる錬金アイテム」

「いいわねそれ。油を付けるんじゃなくて髪を洗うっていうのがいいわ。それなら大量に作る方法があるかもしれないわ。髪が光ればいいんだもの」

「今から作るのか？　さすがにすぐにはできんぞ」

「いちおう、構想はあるんですよ。種油と水流草か水泡茸を使えば、髪を綺麗にする錬金アイテムが作れるんじゃないかとは考えていたんですが、無理ですかね？」

「ちょっと待て、材料を指定できるなら、さすがにわかるかもしれん。ブルース、何か思いつくか？」

「……効果が出るかはわからんが、何通りかはできそうな気がするな。おそらくだが、水泡茸のほうがよいと思われる」

「そうねー。種油と水泡茸ならできると思うわねー。効果のほどは一日待って欲しいわー。さすがに構想を一度に処理するのは無理よー」

「セレナ女史がいけると言うなら問題あるまい。さすがに星九つで無理なら無理だが、ヘルマン君、なかなかいい発想だよ」

「そうねー。まあ、まずはこの種油を濾してみましょう。保存瓶にすると何本分あるかしら？」

「絞ったのは保存瓶五本分だ。水泡茸はウーゼ塩湖で採れるから問題あるまい。じゃあ、この保存瓶五本を五人で分けて、実験してみるというのはどうだ？　期間は、そうだな、今日を入れて三日あればよかろう。一瓶は俺が担当する。」

「ならば星が多い者が担当するとしよう。私とセレナ女史、ケビンにガブリエラ、それにメラニーだ。私とケビンなら今日中に作れるだろうから、明日明後日と使用してみて、その感想を持って、この建物の〇三〇四号室に集まろう。セレナ女史とガブリエラ、メラニーも使い心地の感想を頼む。特にメラニー、君は元貴族だから成功してほしい」

「私だってそこまで素材を指定されれば失敗することはないさ。……初めての錬金だからムラがあるかもしれないし、いろいろと調整しないといけないこともあるかもしれないけれど、できないってことはないな。完成形のイメージもなんとなくだけどできている」

「水泡茸と種油でできれば保存瓶当たり中銀貨三枚で取引できるはずです。これはオーク油よりも安くなりますね。できれば大変ありがたいですわ。これなら平民でも手を出せるでしょう」

「匂いがないなら獣人の女性にだって需要があるよ。オーク油の香油は、獣人からすれば匂いがきつすぎるんだ。錬金過程で匂いをなくすことができる、需要の拡大も期待できる。私だって憧れてたんだから」

「ですね。この油の匂いがそのままならば獣人でも使えます。私も使いたいです」

2

さてさて、僕が構想を話したために、思いがけない方向に議題が飛んでいったぞ。

土地を肥やす芋の話から、実験場の話になって、野菜の話になり、オーモンド領で実験できないかの話になり、種油の生産の話になり、僕の爆弾投下で平民にも使える錬金アイテムの話になり、材料的にいけると判断した人たちがじゃあ実験しようって話になり、匂いがないなら獣人も使いたいとの話になった。

着地点は、とりあえず、髪を綺麗に洗う錬金アイテムを作ることになってしまった。

どうしてこうなった。

「ならば二日後、十三日の朝二時にここに集まろう。とりあえずこの話はここまでだ」

「うふふー。楽しいことになって来たわね。やっぱり新しい人が増えると活性化するわねえ」

「やっぱり君を誘ってよかったよ。なんたって幻玄派に新しい風を巻き起こした張本人だからね」

「なんと、あの発見はヘルマンが見つけたものだったのか！」

「運もありましたけどね」

「運も錬金術師には必要よ。どんな材料と巡り合うか、どんな素材と巡り合うかは運だからね」

「じゃあ、この話はここまでかしら？——他に意見がある人はいるかしら？」

「じゃあ、私から。私の作っていた野菜の実験が終わったのよ。味も安定したし、年中採れるようにも調整した。後は畑と農家が欲しかったんだ。私の作物も、ついででいいからオーモンド領で試させて欲しい。あくまでついでに広げるだけでいい」

「お前も俺に仕事を振るのか……、まあいい。その件は二日後の錬金アイテムが成功してからだ。成功したら他の作物についても一切合切まとめて畑を貸してやる。この際、領地が豊かになるんなら全部持って行ってやらあ」

「おー、オーモンド領が大発展するんじゃないか？　……ついでに聞いておきたいが、オーモンド伯爵領には水属性の霊地か魔境、水泡茸が採れる場所はあるのか？」

「ああ、ある。水の魔境も霊地もある。水泡茸も採れるから心配すんな。この事業で大儲けしてやるつもりだ」

「なら、ついでに物流網も作ってしまいませんか？　行商人を領主付きにしてしまって、領内各地に麦や野菜を運んでもらうんです。領主様が大商会を運営する形にしてしまうんですよ」

「なんだそれは？　行商人を領地に紐付けるのはまあわかった。物流網ってのは？」

「村だと、肉なんかはなかなか食べられないんです。だから麦や野菜を売った金で肉を買うようにすればいいんです。どうせ香辛料なんかは麦よりも高く買って運ぶんですから。村に買った分のネズミ肉や鶏肉、兎肉を売りに行けばいいんですよ。そうすれば、農民の食事も改善されます」

「そういや、村で肉なんてほとんど食べてなかったな。狩人がたまにお裾分けしてくれるときくらいだった」

「ですね。ほとんど麦粥と焼き野菜でした」

「そんな中、僕はこの度、粉ひき所を作りました。それを村にも普及させるんです。そうして村の食生活も改善していけば余裕が生まれるし、その分子供も産まれるでしょう。……そして、平民も文字の読み書きを覚えるように領主様からお触れを出すんです。そうすれば最低ラインの冒険者の数が減るし、人口も増えるしで万々歳になると思うんです」

「ちょ、ちょっと待て待て。いろいろとうちの領を引っ掻き回し過ぎだ。……だが、面白いじゃねえか。人口が増えるってことは才能が多いものも生まれやすくなる。そうすれば、うちの領の魔境で騎士爵や魔導爵が出やすくなるな。村なんかで文字を教えるのは教会くらいしかねえ。そこでついでに祈らせろって話だな。なら冒険者の質が上がるから誰も損しねえって話なわけだな。……だがよ、今町でやっている雑用はどうする？　低価格で受けてくれる冒険者が少なくなるぞ」

「そこは勉強しない奴もある程度出てくると思いますからそういう奴らにやらせます。……そして、小金を持った冒険者がいれば町の物価が多少上がったって金払いのいい冒険者のほうが多くなると思うんです。金を払うほうだって出すよりも多く入ってくればいいわけです」

「だんだんお前の頭ん中が読めてきたが、とんでもないことを考えてやがるな。最終的には冒険者を無職と扱わないように、税金を行商人程度の感覚に変えさせるつもりだな。そのための物流か。

たしかに使える冒険者が増えるんなら衛兵に雇ったっていいし、行商人にしたっていい。領都だって空き家がなくなるどころか広がる可能性まである。……なんなら村と村の間に新たに町を作ることもできるかもしれねえ、将来的にな。まあまずは村を町にすることからだろうがな。……なんだよお前の頭ん中は。おもしれえ。全部が全部できるとは思うなよ。だが、話はしてきてやらあ。どれかは導入できるかもしれねえからなあ」

「僕だってこんな夢物語、全部が全部上手くいくとは思っていませんよ。一部が上手くいけば、それでも少しだけ、大きく回っていくと思うんです」

「ま、確かに夢物語よ。……話だけはしておこう。おもしれえ発想だからな。うちの領が大きくなればそれでいいんだからよ」

3

ヘルマン君と先輩が、夢物語をああでもないこうでもないと話し合っているあいだに、年長者組がひっそりと話し合っている。

「ふむ、ヘルマン君は本当に平民か?　思考が領主貴族寄りではないですかね?」

「たまにこういう才能以外に飛び出た人間がいるのよー。ヘルマン君はそういう星以外の、月に惹かれてしまったのねー。長寿種にはほとんどいないのよ。人間だけ。思考が才能以外に飛び出ている子を久しぶりに見たわー」

「……なるほど、星以外の月に惹かれたですか。ならヘルマン君は料理の月にも惹かれたのかもしれませんね」

「うふふー。月に惹かれた者は面白いのよー。常人とは違う、星十個と同じ意味で常軌を逸しているの。それが吉と出るか凶と出るか、それは受け取り手次第、月に惹かれた者は目に見えない何かに惹かれ続けるの。生き急ぐ人間の中でも特に生き急ぐ事が多い。波乱万丈の人生を送ることが月によって定められているの。それを上手く捕まえれば莫大な富を得るかもしれない。進んだ文明を手に入れるかもしれない。そんな存在よ」

「ふむ。……では、太陽神以外に星を振った者がいるかもしれないということですか」

「そう言っても過言ではないわねー。ただどんな神にいくつ星を振られたのかわからないから、月に惹かれたと表現するのよ。本当に人間は面白いわねー」

「長寿種に少ないのはなぜなのでしょうかね」

「長寿種にも月に惹かれた者はいるらしいのよ。ただ、人間ほど生き急いでないから、激流のような流れが起きないの。私たち長寿種には生き急ぐという感覚があまりないから。……でもいるでしょう？　長寿種にも生き急いでいる者たちが」

「……不老不死を求める者たちですか。なるほど、確かに人間よりも遅いが生き急いでいる」

「そうよー。月に惹かれた者が近くに現れたときは、その流れに身を任せるほうがいいの。そのほうが楽しいし、上手くいくことが多いの」

「なるほど、このゼミが大きく動き出したのも彼のおかげということにしておきましょう。これからどこに行くかを見守っていきましょう」

「そうねー。それが長寿種の役目でもあるのよ。激流の世の中で、その一部を切り取って残す者が必要なのよ。生き急ぐ彼の残滓をしっかりと取りこぼさずにいけばいいのよ」

長寿種のことは長寿種にしか解らないというが、短命種には短命種以外にも解る者たちがいる。

そして、その激流の中、凪に身を任せながら見守る存在もいるということだ。

ヘルマン君の激流のような人生はまだまだ続く。……途中で凪ぐかもしれない嵐が吹き荒れる。

第五十一話　二月十三日　ゼミの日、爆誕髪洗液、初めての錬金術、理論派と感覚派

1

五番棟〇三〇四号室の中からおはようございます。今日は二月の十三日ですよ。どうも、ヘルマンです。

さてさて、僕が錬金術師になってから広めようと思っていた錬金アイテム、前世の知識も応用したリンスインシャンプー構想。

こちらはいい感じの材料が見当たらなかったので、アイディアだけで放置していたのですが、種油が発見されたなら放出してしまってもいいかなー、程度で発表したら、あれよあれよという間に他の方も巻き込んで、錬金アイテムが製作されるという話じゃないですか。

……自分の手でやりたかったですが、現時点では技術が追いついていません。他の方の手を借るしかないね。

それに女性陣の食いつきがもの凄くいい。

それは、リンスインシャンプー構想の検証第一弾が持ち寄られる今日の集会に、いつもなら開始時間ギリギリにならないとやってこない女性陣のほとんどが、すでに到着していることからもわかる。……セレナさんはまだ来ていないけれど。

そして、リンスインシャンプーの製作と効果の検証を行った五人の先輩方は、その結果を発表する前にこれでもかと言わんばかりに見せつけている。

それを見た他の元貴族の二人、エレーナさんとマヌエラさんは何か言いたげな様子でじっと五人を——特にメラニーさんを見ている。

そりゃあそうだろうな。メラニーさんの髪が、オーク油では出せないつややかさとさらさら加減を見せているんだもの、一言言いたくなるのもわかる。

製作と検証を行うメンバーは、錬金術の星の数で選ばれたんだからしかたないけど、自分も試してみたいと目を輝かせている。

一回に保存瓶全部を使っているとは思わないから、まだ残りは十分にあると思われるが、どうだろう。

……やっぱり美容系統は当たりじゃないですかね？　もう少しそっち方面の研究もしてみますか。

そして、時間ギリギリに凄まじくご機嫌な様子のセレナさんが入ってきて、ブルースさんが時間だな、と一言発し、一か月ぶりの豊穣会が始まった。

2

「さて、みんなが言いたいことはわかるが、まずは錬金が成功したかと言ったら、見ればわかるだろうな。みんな、成功したと言っていいな？　各報告書を出してくれ。こちらでいちおうすべて確認する」

ブルースさんは自分の報告書とあわせて、セレナさん、ケビンさん、ガブリエラさん、メラニーさんが提出した報告書を並べ、成果を比較してから頷いた。……何かわかったんだろうか。

「ふむ、製作過程はみんな同じだな。ちゃんと濾した種油に、水泡茸を魔石にせずにそのまま使い、全体になじませるように魔力操作で水泡茸を行き渡らせると、若干泡が立つ、というところも同じだ。そして、みんな同じように使ったわけだ。桶一杯の水に、手のひら分ほどの量を溶かして、髪につけた、そうすると泡が立ち、髪の汚れが落ち、くすみが消えて、日光を反射するほどのつややかな髪になる、と」

「つけ加えて言うなら、そのあとに、水で髪の泡を落として放置しただけよ。それでも、今までのオーク油とは全然違うわ。つけっぱなしじゃなくて必ず洗い落とすから髪の毛が軽いし、べたつきもなし。頭を動かすと髪の毛も一緒に動いていたのと全然違うわ。サラサラなままだもの」

メラニーさんが髪の毛をファサーッと掻き上げて揺らす。

オーク油という重しを取り除き、今までにない柔らかさを持った髪だ。テカテカじゃなくてサラサラピカピカ。

擬音が多いが、まあ、わかってくれるだろう。

「それに今までのオーク油を大量につけていたときと違って、頭が軽いのがいいわね。これは絶対に流行るわよ。間違いないわ」

「……見ていてわかります。ガブリエラの髪ったら、眩しいくらいですからね。つけているあいだにオーク油が古くなったせいか、くすんでいた金髪が、こうまで綺麗になるとは……。正直なところ、自分にもう少し錬金術の才能があれば、あのとき選んでもらえていたのかと思うと、悔しくなります」

「私もです。この髪を整えるのに、いつもならオーク油を保存瓶半分ほど使うんです。……それが、このアイテムなら、たったのひと掬いでこれだけ綺麗な髪になるんですもの。……ブルース、ケビン、譲ってもらうわけにはいきませんか？」

「あ、ああ。余っているから使うといいぞ。私は一度試しただけで十分だ。それにケビンも今後、領でたくさん作るんだ。問題あるまい」

「お、おう。だからそんな血走った目で見るな、エレーナにマヌエラ。ちゃんと量も考えて使ったから、まだまだ余っているんだからよ」

「うふふー。それほどにいいものなのよー。私の髪もつやつやなのよー。くるくるするのは直ってないけど、サラサラになったのよー。……それに、いいことはそれだけではないのよー。これはポーションなんかと違って大量生産ができそうなのよ」

「そう！　そうなんだ！　錬金術師なら大量生産が可能な錬金アイテムなんだ！　それだけでも日々のポーションの大量生産に喘いでいる者を苦しめずに、一気に普及できる代物なんだ。ケビン、これは村三つじゃ本当に足りなくなるぞ。ほぼすべての村の農閑期に育てないと、素材が間に合わん」

「獣人からの意見も言わせてもらいますと、ほとんど匂いがしなくなりました。これなら獣人の女性にも受けます！　絶対に！」

「むしろ獣人の男性にもこれで体中洗わせたいですね。女性以外にもかなり活用できると思いますよ」

「ケリーに同意します。これなら男臭さも取れると思うので、男性にも需要がありそうです。それに、これだけ手軽ならば貴族男性にも売れますよね。むしろ女性のほうから貴族男性にも勧めるとみました。そうじゃないですか？　マヌエラ」

「……そうね。マーサの言うとおり、貴族女性が貴族男性にもこの錬金アイテムを押しつけることになりそうだわ。今の女性の義務のように、男性にも義務化されると思うわ。くすんだ髪なんかで社交に出る女性がいないように、立場のある男性は毎朝手入れをしているもの。最初は上流階級から使い始めるでしょうから、下級貴族も使わざるを得なくなりそうね」

「髪がつやつやになったので姿見が欲しくなってきますね。金色の髪だと他の髪よりも光り方が本当に違います。……もしも銀色の髪の方がいたらもっと映えたでしょうね」

「ケビン、私たちの分だけでも早めに生産できないか？　正直これを知ってしまうとオーク油に戻る自信がない」

「メラニー。さすがにそこまで無茶は言わんでくれ。このあと、領に戻るんだからよ。農閑期までどれだけあると思ってんだ。今はまだ種まきの前だから、交渉次第だが、早くとも二か月先にはなるだろう。さすがにそれ以上は早くできんよ。……保存瓶一本で、毎日使って一か月かそれより早くなくなるとして、そうだな、二か月後にはなるが、ここの女連中の二か月分は確保してやる。それで我慢してくれ」

「……しかたない。オーク油と交互に使ってみましょう。それならなんとか持つでしょうし」

「お茶会の日にはこれを使って参加しましょう。……他の子たちが目の色を変えるのを笑ってやるわ」

「エレーナ、面白そうな事をしようとしているな。私も交ぜろよ。ライバルゼミの奴らのところに行ってやるか」

「メラニーも鬼ね。でも、面白そうね。次のお茶会は何時だったかしら」

「お前ら、俺の言ったことも忘れんじゃねえぞ。種油が供給されんのは、最低でも二か月先だからな。見せびらかすのはいいが、供給元を漏らすんじゃねえぞ。ブルース、こいつの報告書はいつごろ学術院に提出するつもりだ？　遅らせんだろ？」

「ああ、早くとも五年後にするつもりだ。それまでに種油は盗まれるだろうが、盗んだ者も、まさか錬金アイテムを作るのに使っているとは思うまい。せいぜい種油がバレる程度で済むだろう。私もまさか美容系統の錬金アイテムを作ることになるとは思ってもみなかったからな」

「うふふー。このまま他の美容系統も何か考えてみましょうかー。ヘルマン君も何かいい案があったら言ってねー？　まだ錬金はできないでしょうけど、案を出せるくらいには才能があるみたいだし。これもヘルマン君の発案だったもんね」

3

「僕も早く錬金術を使ってみたいんですよね。刺繍糸がそろそろ足りなくなってきたので」

「あらあら、それなら今ここでやっちゃいましょうよ。さいわいにも先生はたくさんいるもの。糸と魔力茸があればできるわよー。ヘルマン君、持っているでしょう？」

「持ってはいますがいいんですか？」

「後輩の指導もゼミの仕事の一環だもの。さあさあ錬金陣を出して出して」

先に教えてもらえるのであればラッキーだな。さっそく机の上に簡易刺繍の錬金陣を敷く。

その上に二〇メートル分の糸と、魔力茸を一つ乗せた。

あとは魔杖を持って準備完了だ。

「ほう、六芒星の変則形か、……交点は十三と。なかなかにいい錬金陣じゃないか」

「あー、私の錬金陣と似ているけど、私のは交点が十二だから、出力ではちょっと負けかな」

「そういえばガブリエラも六芒星だったか。私は五芒星だからな。星七つなんだから贅沢言わないの」

「さあさあ準備ができたみたいね。それじゃあまずは魔力茸を魔石に変換するのよ。こうくるくるーって魔力操作で固めるのよ」

「セレナ女史、さすがにその表現は……。ヘルマン君、まずは魔力茸にある魔力を引き出すんだ。魔力茸に君の魔力を流し、茸の中の魔力とつないだら、君の魔力を引き戻すんだ。そうすると、茸の魔力も一緒になって出てくるから、それを一か所に留めるようにして固める。失敗しても問題ないから頑張ってみるといい」

二人の説明が、同じことを言っていることはわかった。……感覚派と理論派、いろいろとありそうだな。

まあ、それはさておき、魔力茸に魔杖の先を当てて、魔力を流し込む。

……これが魔力茸の魔力だな。これを引き出すようにしてっと、おお、なんかもやもやとしたものが出てきたぞ。

そんで、魔力茸は塵も残さずに消えていった。……まだ失敗はしていないよな？

このもやもやを一か所に集めて……固める。

押し込む……違うな。

くるくるーっ……だっけか。回してみようか。

おっなんかいい感じだぞ。

そのまま回す幅を狭めていき、最後に一気にドンとして——なんとか魔石になったみたいだ。

「ほう、初めてにしては上出来だ。さて、ここからは、魔石に魔力を流し込んで、液体のように溶かすんだ。先ほどは気体のようになっていただろう？　今度は液体だ。水をイメージしなさい。そしてその水が糸に浸み込んでいくようにすれば、刺繍糸の完成だ。さあ、やってみなさい」

「そうそう、魔石をさらさらーっとして糸にぎゅっとして最後にぱっとして終わりなのよー」

「ねえ、セレナさんって先生として授業に出てたっけ？」

「……確か出ていたはずだ。これでは超感覚派の人間しかわからんのではないか？」

「まあ、できなくても、ある程度授業に出続ければ熟《こな》すでしょうからいいんじゃないかしら。この教え方が合う人もいるはずよ」

「？　セレナさんの教え方ってわかりやすいでしょ？」

「……ほらね」

「……であるな。マーサも感覚派とは」

騒いでいる外野はほっといて、魔石に魔力を流して液体にする。

おっと、放っておくと気体になりそう。液体になれー、液体になれー、っと僕は理論派と感覚派のミックスっぽいな。それで言うと、セレナさんは超感覚派っぽいけど。

そして、糸にじわりじわりと浸み込ませていく。

んで最後にばっとして終わりなんだろ。一気に圧を掛けてみよう。

ばっ！

っと、終わったかな。

4

「ふむ、こちらも上出来だ。その感覚を忘れないことだ。……教え方は人それぞれだから、出来なかったからといって、自分を責めるようなことはせずに、何度も講義に出てみればいい。おそらく君に合う教え方の者がいるはずだ」

「わかりました。……なんとなくですが、僕は理論派と感覚派のミックスのような気がします」

「そうか。まあ、出来たんなら大丈夫だろ。さて、今日の集まりで、この種油は早々に準備しないといけないってなったわけだから、明日には俺はいったん学術院を出る。そのあいだの運営はブルースに任せる。……まあ俺もこれまで副ゼミ長として、何もやってこなかったんだけどな」

「ああ、任されよう。今日の集まりはこれでしまいだな。他に何かある奴はいるか？」

「じゃあ私から。ケビン、私の作った作物の種も持っていっていいよ。農村で育てて、結果だけ教えてくれたらいいから。領の発展に繋がればいいんだけど」

「あ、私のも持ってって実験してきて」

「そしたら、明日の一時までに、みんなまとめて正門に持ってこい。一切合切面倒見てやるって約束だったからな」

ケビンさんに何を渡すのかやいのやいのと言い合っている。

そういえば、畑の物は勝手に取っていったら駄目なんだよな？　あそこは実験場も兼ねているから。

幻玄派の畑に、たくさん快命草があったから採りたいんだけど、駄目なんだろうか。……聞いてみるか。

「すみません、この畑兼実験場について聞きたいことがありまして」

「なになにー？」

「どこまでが勝手に使っていいラインなのかわからなくて、幻玄派の畑に快命草がたくさん生えていたので採ってもいいのかと思いまして」

「えっとね……ブルース、教えてあげて？」

「……ああ、手前半分に生えている素材や作物は、手前勝手に採ってもいい決まりになっている。快命草は授業でも使うから、幻玄派も勝手に採っていいと言っている。ただし、奥のものは実験で育てている奴だとかいろいろあるから、支柱か何かに名前が書いてあるからわかると思うが、そういう物には手を出すな。あとは、手前の建物も壊すのは禁止だ。授業で使うから、また作り直すのは面倒だという判断だな。奥のものは壊しても文句を言わない約束になっている。授業の前に更地にする可能性があるから、重要なものは、授業のない時期を狙って実験をするといい」

「わかりました。ありがとうございます」

幻玄派の快命草はとってもいい快命草っと。

たくさん採って、ポーションを作ったりいろいろとやってみよう。そうしよう。

奥でケビンさんが容量オーバーだー、とか言っているが、まあいいだろう。

そういえば、リンスインシャンプーの名前は何にしたんだろうか。

報告書の名前は個人個人で違うんだろうし、僕はとりあえずリンスインシャンプーとして覚えてしまおう。

そのうち錬金術大辞典に載るかもしれないし、そのときになったら考えればいいや。

そんなわけで、快命草を採取しに、五番棟〇三〇四号室をあとにするのだった。

第五十二話　二月十四日　初級ポーション作り、快命草の解明、色爪液を作りました

1

錬金釜の前からこんにちは。今日は二月の十四日ですよ。

どうも、ヘルマンです。

さて今日は初級ポーション作りをしようと思っています。

初級ポーションは錬金術大辞典にも載っており、快命草一〇本でできるということが解っています。快命草は幻玄派の畑の共有場所にたくさん生えていたのでそれを拝借したものです。……大体五〇〇〇本程拝借してきましたが、足りなければまた採取に行こうと思っています。

そして初級ポーションができたら快命草でいろいろと実験したいと思っています。材料は昨日購買で買ってきました。

まあ素材は魔鉄くらいですが、後は野菜とか卵とかいろいろ買いました。何かできればなー程度に思っています。実験は材料を無駄に消費するもの。しょうがないよね。

さてさて、まずは初級ポーション、錬金釜に材料を入れる前にちゃんとポーション瓶を作っておきましょう。ポーション瓶製造機でとりあえず一〇本作成。二秒に一本位のペースでポンッポンッとできてくれるので楽でいいですよね。

……何故かコルクまで魔力でできる謎使用。……まあ、瓶ができる時点でいろいろとおかしいんですが。

瓶の準備は完了。素材の準備も完了。さて作ってみましょうか。

慣れている人が作ると一本瓶詰めまで一〇秒で終わると言われている初級ポーション、さてさてどんな感じなんでしょうか。

とりあえず材料である快命草を一〇本入れる。そして魔力を流し込む。

……液体になった感覚があります。どうしましょう。この謎の液体、通称女神の涙からどうやって取り出すんでしょう。……とりあえずポーション瓶をそのまま突っ込んでみましょう。おお、ちゃんとポーションだけ採れた。

不思議な液体だよなあ。女神の涙。……女神様を泣かせたのは誰なんだろうね。

2

思った以上に簡単にできてしまった初級ポーション。さて、次はどうしてみましょうか。花を取り除いてポーションになるのか試してみましょう。

とりあえず綺麗に花を取ってポイポイと錬金釜に投入。魔力を流し込みます。

……液体になりました。ポーション瓶で掬って色なんかを確認。……変わりなしだな。

ちょっと怖いですが、指をナイフで切って花無しポーションを掛けてみました。

……止血しました。このことからポーションには花は要らないということが解りました。

……解ってなんなんだとは思うけど。……今度は葉っぱも毟《むし》りましょう。

茎だけになった快命草を錬金釜にポイポイ。魔力を流し込むと液体になりました。ポーション瓶で掬う。……同じ量入っているし、葉っぱも要らないのか？

指を切って今度は飲んでみる。……止血しました。

不思議だ。飲んでもいいし、かけてもいいんだ。じゃあ、葉っぱだけだとどうなるんだ？

一〇本分の葉っぱをポイポイ。魔力を流し込むと今度は溶けずに魔力を引っ張れそうな感じがします。

引っ張ってみましょう。……葉っぱが萎《しな》びて浮いてきました。

とりあえず回収。……お茶っ葉っぽい。この前買ったお茶を見る。……多分同じものだなこれ。

葉っぱだけだとお茶になるのか。

とりあえず、お茶の瓶に入れておこう。これで買わずに済むな。

じゃあ、花だけ入れてみたらどうなるのか。とりあえず、ポイポイ。一〇本分ね。

さて魔力を流しましょう。……液体になりました。

ポーション瓶で掬うと少しの赤い液体になりました。花の匂いがします。指を切って飲んでみましょう。いざ南無三。

……治りませんでした。先に作ったポーションで治療します。花には治療効果なしと。赤い液体ができるだけ。何かに使えませんかね？

とりあえず量が欲しいので一〇〇本分くらい花を毟りまして液体にしてみました。……これでポーション瓶一本分くらい。何と混ぜようかな。

魔鉄でいっちゃうか？　試してみましょう。

魔鉄と赤い液体を入れて魔力を流します。……粘りのある液体になったっぽいな。

魔鉄の分の質量が増えてない気がしますが、気のせいでしょう。粘りのある赤い液体ができたわけですが、何に使えるんでしょう？

とりあえず、置いておくことにして、ポーション一〇本分作ってしまいましょう。

不思議なんだけど、快命草を一一本以上入れても初級ポーションにしかならないらしい、しかも同じ量の。なんでなんだろうね。

3

一〇本分のポーションを作り終わった後、この赤い粘りのある液体をどうにかしましょう。瓶が赤くならないのは何でだろう。粘りはあるのにな。……卵と混ぜてみましょう。

さて何ができるのやら。

謎の赤い粘りのある液体に卵一個を入れて魔力を流します。……さらに粘りのある液体になった気がします。

うーむ。何故さらに粘ったのか。これが解らない。

指で触ってみましょう。劇薬じゃないといいけど、体に悪い物は……魔鉄は体に悪そうだけど、毒ではないよな。

指で触ってみるとベタリと付きました。そして乾きました。水で洗っても……流れませんね。擦っても落ちません。

なんだったのかあれは。……んー、前世の記憶で使えそうな物がありましたね。

購買で買った毛筆を使って爪に塗ってみた。……爪が赤くなりました。

これをポーション瓶に移して保存。とりあえずこれは次回の豊穣会に提出決定。

これ他の花でもいけるのかいな。善は急げ、鉄迎派の戦闘訓練までお花摘みをしに行きましょう。

……本当にお花を摘むんですよ。

という訳で、雑草畑に到着しました。花の色は、青に黄色に黒もあるな。その他いろいろな花がありますす。一〇〇本目標で採取しましょう。

……周りからは快命草以外の何の素材を採っているんだと思われてるんだろうなあ。

4

修練場に向かいましょうね。最近は才能を追い越すまでには至らなくても、追いつくまでにはなってきているし、体力も付いてきた。……後は力の抜きどころもね。

さすがにフルで三時間はきつ過ぎる。一〇回に一回くらいは才能を追いかけるのを間違えて、間を作るようにした。多分これも正解なんだと思うよ。

周りの貴族様もそんな感じに思う。抜きどころを弁えているといった感じだ。先生にも叱られていないし、間違ってはいないはず。

そんな訳で、鉄迎派の戦闘訓練も終わり帰宅。花を選別しましょうね。

何色もあるよね。材料が足りたのは青、黒、白、緑、黄色、オレンジ、ピンクの七色、赤も入れて八色。

まずは青い花をどばあっと入れます。それに魔力を入れて液体にします。

ここでいったん保存瓶に入れる、そして手に付けてみる。

……固まらない。やっぱり卵は必要なのか……。

再び錬金釜に入れて卵を投入。さらに粘り気のある液体に変化。そしてポーション瓶に入れて毛筆で爪に塗る。

……うん固まるね。問題なし。

そんな訳で八色分作りました。爪に全部塗ったけど、ちゃんと乾いたし、ポーションで落ちもした。

さっそく報告書の作成だ。購買で皮紙もちゃんと買ってきてあります。

材料と作り方と特徴を書いてしまいましょう。染料になる物をポーション瓶一本分。魔鉄一個。卵一個。卵の異様さよ。まあそれでできたんだから良いじゃないか。

そんで毛筆で爪に塗る液体だから色爪液としよう。色は染料で変わるからとりあえずこれでいいかな。色の落とし方も書いたし、十分十分。

少し時間もあるし、本刺繍の方をサクサク進めましょうね。一年の間には終わると思います。錬金術に浮気をしなければ。絶対に浮気する自信があるけどね。

the way of the Reincarnated Boy to be the Alchemist

書き下ろし

聖女の才能に星が振られてからは

聖女の才能に星が振られてからは、生活が一変したわ。領都での生活を余儀なくされたこともあるんだけれど、聖職者とは、教育者であるということですもの。礼儀や作法も平民同様とはいかないと言われてしまったから。

聖女という才能は、聖職者の中でも上位のもの。男性が聖者、女性が聖女、星が七つ以上の聖職者に贈られる才能と言われているらしい。本当に珍しい才能なの。

そして、聖職者と明らかに違うのが、戦闘系の才能も含まれているということ。メイスでの戦闘が出来るようになっている。メイスを持つと、少しだけだけれど、使い方が解るのよね。

だから、何度か魔境であるジェマの塩泉にも行ったことがある。魔物相手に戦うのは怖かったけれど、慣れないといけないみたいなのよ。聖者や聖女は戦争にも参加する可能性があるのだから。

勝っていれば、そこまで気にすることはない。聖属性の魔法を使っていればいい。回復はポーションでも出来るのだけれど、聖者、聖女という立場上、行かないといけないらしいのよ。

非常に面倒なのだけれど、そういう立場になるということなのよね。少し、いえかなり聖職者が良かったと思っている。聖職者になれていれば、戦場なんかに行かなくても済んだのだから。

これから王都に行くのよね。領都で色々と勉強してきたけれど、勉強が終わった以上は、王都に行って、他の聖者や聖女と同じように、政治に関して口を出さないといけなくなってしまう。

そうなのよ。政治に口を出さないといけないの。教会も立場があるからね。影響力を持っておきたいために、色々と介入していかなければならない。

教会は常にスルバラン王国の宰相の地位を狙っている。今はまだ無理らしいけど、内政に口出しを出来るくらいには、勢力が大きいの。無視させない程度にはね。

出来ることと言えば、町や村に教会を建てさせて、才能の管理者を配置する。それが一番の目的なのだけれど、それはもう終わっているからね。後はどれだけの予算を引き出せるのかを考えないといけないらしいの。結局は、お金が必要なのよね。

聖職者の才能だけでは、暮らしていけないもの。聖職者だって食べ物を食べるし、子供たちの教育者でもあるのだから。お金を稼ぐことを第一に考えることは出来ない。

私の出身の村にだって、神父様やシスター達がいたのだものね。そこで勉強をしていたのもいい思い出。聖女になってからも教わったけれど、半分以上は出来るようになっていたもの。

同じ歳の聖者ミカエルなんて、文字の読み書きも出来なかったのよ？　教会で勉強を教わらなかったのかしら？　あら？　そう言えば、教会で勉強を教えてもらったのは、弟のヘルマンの影響だったかしら？　ヘルマンは錬金術師になりたいと言っていたけれど、なれたのかしら？

よく教会で祈っていたものね。私も祈っていたけれど、聖職者になりたかった。なのに、聖女になってしまった。あの村で過ごす予定だったんだけどな。

思い通りにはいかないものなのよ。聖女として、領都で生活をしてきた私が王都に行かないといけないくらいには、思い通りにはいかないの。王都では、それはもう、色々とあるらしいのよね。

聖者と聖女がかなりの数いるらしいのよ。かなりと言っても、百人もいないらしいけどね。珍しい才能だから、良くも悪くも集まらないらしいのよ。今回だって、かなり珍しいことなんだから。

聖者と聖女が同年代に現れるなんて、そうそうないことなんだからね？　領都では記録にないらしいから。聖者も聖女も百年から二百年に一人出るか出ないからしいからね。

非常に珍しいから、聖者ミカエルとは仲良くして欲しいと教会からも言われていたけれど、なんて言えば良いのかしら。聖者ミカエルは、余り話をしない人なのよね。

口数が少ないのよ。お祈りやお仕事も同じようにしていたはずなのに、会話がほとんどないのですから。私が話しかけても、言葉を濁すことも多かった。同い年なのにね？

これから王都に行くというのに、同じ場所出身の聖者と聖女が連携を取れないってどうなのかしら？　王都は政治に口を出すところなの。今までのところとは大きく違うのよ？

解らないことだらけなのよ。そもそも政治なんて解らないのだから。勉強はしているのよ？　お金の流れなんかが重要なんだってことは解ったけれど、何をどうしていいのかは解らない。

行ってから確認するしかないのよね。政治は基本的には貴族がするもの。元村人がすることではないのよね。でも、聖者も聖女も、認められれば貴族になれるらしいのよ。

貴族になんて、なって何になるのかという話でもあるのだけれど。何か良いことがあるのかしら？　貴族という存在が、どういうものなのかが解っていないのよね。

政治をしているってことは知っているのだけれど、それ以外に何をするのかしら？　なって良いものなのかどうかも解らない。なりたいとも思っていないけれど、それは王都に行ってからの話になるのかしらね？　何処までのことをやるのかによって変わって来そうよね。

そして、今日は王都へ行く。政治の中に飛び込んでいかないといけないの。何でこんなことになっているのかしら？　別に王都に行きたい訳でもないのにね。

幌馬車が見える。冒険者が一人、護衛に付くらしいけれど、あの人かしら？　御者と思わしき人と話している……あら？　あの髪の毛は。もしかしてヘルマンなのかしら？

錬金術師になりたいのではなかったのかしら？　冒険者になっているということは、いえ、まだ解らないわね。王都に行ってから錬金術師になるのかもしれないし。

確か、王都に錬金術師の学校があるはずだもの。そこに行く気なのね。ということは、錬金術師に星を振られたということになるのかしら。ふふ、久しぶりに見るけれど、しっかりとしていそうで良かったわ。楽しい旅になりそうね。

あとがき

この度は『転生少年の錬金術師道』の2巻をお買い上げいただき、真にありがとうございます。読者の皆様にまたこうして物語を届けられたことを嬉しく思います。また、この書籍を刊行するに当たって尽力してくださった皆々様、素敵なイラストを描いてくださった赤井てら様にこの場を借りて感謝申し上げます。本当にありがとうございました。

実はですね、2巻が出ることは、前々から話があったんです。連続して出したいと、アース・スターノベルさんの方から言われておりまして。理由は簡単です。錬金術が始まらないからですね。1巻を読んでもらった人には解り切っている話だと思いますが、メインのお話が始まらないんです。錬金術を始めていくには、2巻まで出す必要があったんですよ。準備期間が長すぎて、そういう予定になっておりました。なので、実質ここからが本番となります。3巻以降が出るのかどうか。このあとがきを書いている段階では解りません。打ち切りになる可能性ももちろんあります。それはご容赦いただきたいです。

打ち切りエンドというのは、よくある話なんですよね。私も十四歳の頃からライトノベルを読み始めましたが、面白いと思った作品でも三つ程、打ち切りになり続刊されないということがありました。応援していただけに、悲しかったのを覚えております。私が面白いと思っていても、実際の売り上げが伴わないと、続刊することはありませんからね。2巻で終わった作品もあれば、4巻まで出ていたのに打ち切りになったライトノベルもありました。私としては、続きを皆さんに読んでもらいたいので、続刊を希望する立場ではあるのですが、それも出版社側が決めることですのでどうにもならない訳です。利益にならない作品は出せないのです。それが当たり前ですからね。皆、作品を磨いて競争に勝ち抜くことを考えて本を出しているんです。

さて、私もこの作品を書いてから長く時間が経ってしまっているのですが、順調にうつ病の方は回復に向かっております。薬の数量も減り、倒れる前から本業としてやっていた仕事の半分くらいは出来るようになってきております。

その関係でしょうか、文章力が落ちたと言われることがあるんですね。現状を考えれば、さもありなんという感じではあるんですが、私の場合小説を書くことはあくまでも趣味の範疇を出ていないんです。『転生少年の錬金術師道』を書いていたころは、うつ病が少し治り始めた段階で、仕事に復帰しておりませんでした。なので、小説に向き合う時間が長かったんですよね。朝起きて、パソコンを立ち上げ、小説を書き、疲れたら寝るというのを繰り返していました。実質毎日十二時間くらい書く時間があったと思います。

それが、今では平日は仕事をして、疲れ切った体力を回復させるために、お風呂に入って寝るという日々を繰り返しています。なので今、小説を書く時間は土日の七時間か八時間に減っています。その影響が文章力の低下というところに出てきているのかなと思っています。

脳のリソースが仕事に使われ始めたというのが、現状なんだろうと思っております。小説を書いていただけの日々は、それは楽しかったです。ですが、それだけでは生活が出来ない。小説書きだけで生きていけるほどの収入がある訳ではありませんので。有名作家さんなんかと比べてしまったら、それはそれは酷いことになるでしょう。物語の構成もそうですが、まだまだ稚拙なところが目立つと思っております。

そして、何よりもうつ病が治ってきたことが、文章力の低下にも繋がっているのかなと思うこともあります。うつ病が治るにしたがって、私の中の気持ちが落ち着いてしまっているんですよ。病んでいる方が、感情に刺さる文章が書けるのかなと考えることもあるんです。

私個人的には、とても良いことではあるんです。うつ病が治るということは、生活する上で大切なことだとは思うんです。が、作品を作るに当たっては、病んでいる状態の方が良いのではないかと、そう思うことがあるんです。もちろんですが、主観的な部分もあるかと思います。ただ、文章力の低下と言われた方が何を指してそう言われたのか解りません。私としては、何か変わったつもりはなくともそう思う人もいるということなんです。では、うつ病が治りかけている今の段階で、失ったものは何があるのだろうか。そう考えた結果、文章の起伏がなくなっているのではないかと、自己分析をした次第です。前回のあとがきでアドバイスをと言った手前、もらったアドバイスは活かしていきたい。

　どのようにすれば、文章に起伏が出てくるのか。一番の問題は感情の揺らぎなのではないかと思っています。うつ病が安定してきた結果、感情の起伏はなくなってきていると思うんですよね。今までは、薬で無理やりに感情を躁鬱激しく動かしていたものが、その真ん中で動きが少なくなっている感じがするんです。その心の在り方が、文章に出てきているのではないかなと、思っている次第です。確かに、主人公の喜怒哀楽がはっきりしている方が、感情移入もしやすいでしょうし、常に同じ状態が続いている作品を読むよりもメリハリがつくのは、感覚的に解ります。そのメリハリがなくなってきた、それが文章力の低下という表現なのではないかと思う訳です。

　アドバイスを幾つかいただいた中で、そのことが一番心に残っているんです。色々とお言葉をいただきました。褒めてくれた人だけではないということなんです。それは、私にとっては良い事でしかないんです。気付かせてくれる存在がいなくなってしまうのが、一番の問題だろうと思っているからですね。良いところは良い、悪いところは悪いと言ってくれる人がいないと、その場に留まり続けるでしょうから。これで少しは前に向かって進めそうです。まだまだ言いたいことがある人はいるでしょう。言いたいことは言っていただけるとありがたいです。それがたとえ悪い事でも構わないんです。それを糧として、私は前に進んでいこうと思うから。貴重な時間を使ってここまで読んでくれた方に、更なる時間を費やせと言うのですから、私自身も進んでいきたいと思う次第です。

最後に、もう一度お礼を。ここまで読んでくれてありがとうございます。皆さんに少しでも楽しい時間を届けられたと思うと、嬉しい気持ちになります。楽しんで読んでいただけたでしょうか？　それとも思った物とは違ったでしょうか？　皆様の貴重な時間を使っていただきありがとうございます。できれば、次のお話でも会えることを期待しております。

戦国小町苦労譚
転生した大聖女は、
聖女であることをひた隠す
領民0人スタートの
辺境領主様
ヘルモード
〜やり込み好きのゲーマーは
廃設定の異世界で無双する〜
二度転生した少年は
Sランク冒険者として平穏に過ごす
〜前世が賢者で英雄だったボクは
来世では地味に生きる〜
俺は全てを【パリイ】する
〜逆勘違いの世界最強は
冒険者になりたい〜
反逆のソウルイーター
〜弱者は不要といわれて
剣聖(父)に追放されました〜
毎月15日刊行!!
最新情報は
こちら

無職の英雄
別にスキルなんか要らなかったんだが
もふもふとむくむくと異世界漂流生活
冒険者になりたいと都に出て行った娘がSランクになってた
メイドなら当然です。
濡れ衣を着せられた万能メイドさんは旅に出ることにしました
万魔の主の魔物図鑑
―最高の仲間モンスターと異世界探索―
生まれた直後に捨てられたけど、前世が大賢者だったので余裕で生きてます
偽典・演義
～とある策士の三國志～
ようこそ、異世界へ!!
EARTH STAR NOVEL
アース・スターノベル

小説投稿サイト
小説家になろう
第6回
アース・スターノベル大賞
Earth Star Novel Awards 6th 2024
©Suzunosuke
※小説家になろうは、株式会社ヒナプロジェクトの登録商標です。
※第6回アース・スターノベル大賞はアース・スターノベル、アース・スタールナと小説家になろうの合同企画です。
詳細はこちらから▶

EARTH STAR
NOVEL

転生少年の錬金術師道 2

発行 ―――――― 2024年3月15日　初版第1刷発行

著者 ―――――― ルケア

イラストレーター ―――― 赤井てら

装丁デザイン ―――― 大原由衣

発行者 ―――――― 幕内和博

編集 ―――――― 古里 学

発行所 ―――――― 株式会社アース・スター エンターテイメント
〒141-0021　東京都品川区上大崎 3-1-1
目黒セントラルスクエア　7F
TEL：03-5561-7630
FAX：03-5561-7632

印刷・製本 ―――――― 図書印刷株式会社

ISBN 978-4-8030-1924-7